A marca FSC® é a garantia de que a madeira utilizada na fabricação do papel deste livro provém de florestas que foram gerenciadas de maneira ambientalmente correta, socialmente justa e economicamente viável, além de outras fontes de origem controlada.

MARCÍLIO FRANÇA CASTRO

Histórias naturais

Ficções

COMPANHIA DAS LETRAS

Copyright © 2016 by Marcílio França Castro

Grafia atualizada segundo o Acordo Ortográfico da Língua Portuguesa de 1990, que entrou em vigor no Brasil em 2009.

Indicação editorial
Marta Garcia

Capa
Alceu Chiesorin Nunes

Foto de capa
rangsan paidaen/ Shutterstock

Preparação
Leny Cordeiro

Revisão
Thaís Totino Richter
Valquíria Della Pozza

Os personagens e as situações desta obra são reais apenas no universo da ficção; não se referem a pessoas e fatos concretos, e não emitem opinião sobre eles.

Dados Internacionais de Catalogação na Publicação (CIP)
(Câmara Brasileira do Livro, SP, Brasil)

Castro, Marcílio França
    Histórias naturais: ficções / Marcílio França Castro. — 1ª ed. — São Paulo: Companhia das Letras, 2016.

ISBN 978-85-359-2717-7

1. Ficção brasileira I. Título.

16-02108   CDD-869.3

Índice para catálogo sistemático:
1. Ficção : Literatura brasileira   869.3

[2016]
Todos os direitos desta edição reservados à
EDITORA SCHWARCZ S.A.
Rua Bandeira Paulista, 702, cj. 32
04532-002 — São Paulo — SP
Telefone: (11) 3707-3500
Fax: (11) 3707-3501
www.companhiadasletras.com.br
www.blogdacompanhia.com.br
facebook.com/companhiadasletras
instagram.com/companhiadasletras
twitter.com/cialetras

*Para Maria Amália França Castro, minha mãe —
que ficaria contente com este livro.*

A natureza ama esconder-se.
Heráclito de Éfeso

Sumário

Livro I: Coleção de papéis

Roteiro para duas mãos 13
A superfície dos planetas 55
Teatro 68
O método de Balzac 93
A história secreta dos mongóis 97
Aprendizado do jogo 111

Livro II: Histórias naturais

1. da desordem

Desordem 131
O comportamento das águas 133
Uma questão meteorológica 134
A flor-de-cera 135
Sobre as nuvens 137

2. DAS COISAS

Lembrança de Nova York 141
Os sapatos 143
Da vulnerabilidade dos objetos 144
Uma questão cartográfica 148
A vida mineral 150

3. DAS SOMBRAS

Sobre as letras e as armas 155
A medida das sombras 158
História do sacrifício 161
Hipótese sobre o copista 163
Uma questão de autoridade 166

4. DOS DEMÔNIOS

Do amor dos homens pelos barbeiros 171
Amizade 174
Memento mori 176
Os forasteiros 178
The trial of corder 179

5. DAS CORRESPONDÊNCIAS

Carta de Istambul 185
Três irmãs 187
Dois amigos 190
Separação 192
Dois tomos 195

LIVRO I
Coleção de papéis

Roteiro para duas mãos

1.

Precisavam de alguém que datilografasse rápido; foi assim que emprestei as minhas mãos. O filme, um longa com mais de duas horas de duração, era sobre a vida de Jack Kerouac, as viagens que ele fez pelos Estados Unidos no fim dos anos 1940 e como escreveu o livro em que elas são contadas. Além de ter atravessado o território americano de costa a costa, você sabe, e descido até o México, sozinho ou na companhia de Neal Cassady, Kerouac ficou famoso por ter datilografado *On the Road* em apenas três semanas, em um único rolo de papel, durante uma espécie de transe. "Estamos atrás de uma batida ágil, frenética", disse o produtor ao me entrevistar, "uma batida que dê conta da vibração do Kerouac, do ritmo feroz e ao mesmo tempo maleável que só as mãos dele conseguiam ter." A conversa foi no escritório da produtora. Fiquei olhando para o sujeito, sem entender bem o alcance daquela descrição. Na época — estávamos em 2000 — eu não tinha lido quase nada de Kerouac, mas fiquei animado de cara. Eles acertaram em cheio. Minhas mãos estavam prontas para isso, sempre estiveram prontas para isso. Minhas mãos, até então desperdiçadas, com seus seiscentos toques por minuto.

Na cena de abertura eu já entrava. Num cômodo com pinta de escritório, o som dos tipos estalando vem antes do escritor e atrai a atenção para ele, concentrado diante da máquina — um tanto de cadernos e papéis espalhados na escrivaninha. Em close, a câmera mostra uma xícara de café vibrando sobre a mesa, uma luminária e um cinzeiro. Na sequência, as mãos em disparada sobre o teclado. Confesso que me senti bem à vontade, como se nem fosse minha estreia, e soltei os dedos a todo vapor naquela Underwood de tom azulado e toque macio, idêntica à que Kerouac usou nas semanas de 2 a 22 de abril de 1951, em um apartamento em Nova York. Ainda sei de cor as quinze linhas que o diretor me fez bater um punhado de vezes, com ordem de parar em Neal Cassady, *the strange Neal Cassady*, o *Neal* no fim de uma linha e o *Cassady* no começo da outra, e eram essas as últimas palavras que eu sapecava no papel antes do corte, quando a imagem do rolo embolado atrás da máquina era substituída pela da estrada — um par de sandálias rotas pisando no asfalto. O filme então corria quase todo aí, para a frente e a céu aberto, entrecortado de vez em quando por uns flashes datilográficos.

Ao contrário de Kerouac, que em sua maratona de escrita disse ter usado café, optei pelo uísque, uma dose ligeira para aquecer as mãos, enquanto esperava no set a hora de entrar. Nas primeiras vezes em que gravei, o diretor me interrompia a todo instante. "Nunca vi nada igual", dizia, invadindo a cena. "Mas rapidez aqui não basta. Seus dedos estão duros demais, calibrados demais, você está parecendo um soldado... Tem que amolecer esse punho, rapaz." Então chamava o assistente, pedia uma cópia do texto e fazia ali mesmo umas marcações, onde eu devia mudar de ritmo. "Você tem de criar uma oscilação, uma melodia." E balançava os dedos no ar, simulando o andamento.

Nos tempos de jornal, aprendi a datilografar sob pressão, com gente em volta e muito barulho. Sempre preferi a máquina mecânica, mais firme, menos histérica, mas era obrigado a usar também a elétrica. As pessoas circulando pela redação, o telefone tocando sem parar, esse clima forçava a concentração, o que acabou me ajudando nas filmagens. Depois, quando me tornei funcionário do tribunal, as coisas se acalmaram, o mundo ficou mais lento. Aos poucos, acho que desenvolvi um estilo uniforme, sem perder a rapidez. O convite para o filme veio no fim de 1999; já tinha uns dez anos que eu só usava computador. Todas as máquinas de escrever haviam sido trocadas e sumiram das mesas do tribunal. Foi a Verônica, uma colega de muito tempo que assessorava o juiz, quem se propôs a desencavar para mim uma Remington esquecida no setor de patrimônio. "É para retomar o hábito", ela disse, "até você comprar uma." Era uma máquina pesadona, com a fita rasgada e as teclas emperradas, mas depois de uma reforma e uma boa lubrificada funcionou bem.

No fim da tarde, quando todo mundo já tinha saído, inclusive o juiz, eu punha o script em cima da mesa e datilografava. Cinco páginas transcritas diretamente do texto do rolo, numa época em que, se não me engano, ele estava exposto em San Francisco e ainda não tinha sido publicado na versão original. Dizem que Kerouac, nos melhores dias, chegava a bater quinze mil palavras, trabalhando durante seis horas, o que dá mais ou menos trezentos toques por minuto. Imagino que ele pudesse alcançar os quinhentos toques, bem menos do que eu era capaz, mas, como eu ainda estava meio enferrujado, a gente acabava ficando no mesmo nível. Eu gravava uma música dos anos 1950, de alguém que Kerouac ouvia, Duke Ellington ou George Shearing, por exemplo, botava para tocar no walkman, mergulhava naquele som. Kerouac considerava Shearing um deus. Hoje, vendo o modo como Shearing deslizava os dedos de cego pelo piano, estou certo de que Kerouac se inspirava nele para bater à máquina, tentando injetar nas tônicas a batida do jazz. Verônica ficava ali, entre um acórdão e outro, assistindo ao espetáculo da minha rapidez.

As cenas em que o escritor aparece datilografando, ou simplesmente fumando diante da máquina, funcionam como se fossem paradas na estrada, dão um descanso ao espectador. Fora essas suspensões, você sabe, o filme é todo viagem — a Rota 66. Em alguns momentos, a engrenagem da máquina de escrever, subitamente cortada da tela, deixa um rastro de movimento e combustão que se confunde com o do automóvel avançando na pista, com a força do motor. Por outro lado, a habilidade de Kerouac em manipular o teclado forma um par com a de Cassady diante do volante, o modo alucinado como ele dirige, e as duas coisas vão se revezando. Talvez por isso, não sei, por essas duplicações que no filme parecem tão naturais, eu me visse menos como um dublê forçado que entra e sai sem mostrar o rosto do que como um dos participantes do jogo. A ideia de maquinismos à mostra, loucura e progresso juntos, ficaria mais forte para mim alguns anos mais tarde; retornaria, agora eu percebo, como um traço no meu modo de encenar, quando fiz uma ponta num filme sobre a vida do escritor Dashiell Hammett — um filme que, aliás, por falta de verba, não chegou a estrear.

"Faça isso com vontade, dê um soco no capô e solte uma gargalhada. Como se ela fosse todas as gargalhadas do mundo" — não me esqueço do diretor dizendo isso para o ator que fazia o papel de Cassady. E quando era minha vez eu me imaginava na posição de um maquinista, o datilógrafo de todas as máquinas, explodindo de dentro para fora até soltar faísca pela ponta dos dedos. Eu estava meio deslumbrado, é verdade. Era uma experiência nova, um modo inesperado de usar os meus dotes, sempre tidos como secundários, menores, fosse no jornal ou no tribunal, mas que então alçavam ao primeiro plano, e me via num território criativo que jamais tinha pensado penetrar. "Vai, Alex", dizia o diretor. A paisagem dos campos de algodão, os estilhaços de fontes e tipos datilográficos atravessando a estrada, as pontes, as Rochosas, o deserto, as linhas de tinta correndo como uma locomotiva davam uma sensação de unidade entre os mundos. Às vezes eu tinha uma vontade danada de gritar.

A cena final era a mais demorada. No dia de gravar, eu estava pregado. Havia um alvoroço extra, um entra e sai de atores e atrizes, assistentes, contrarregras, dublês. Mas o resultado ficou tão convincente que o diretor extrapolou o roteiro e ampliou o tempo previsto para as minhas mãos. Eram três minutos, três minutos quase agônicos, em que suei para elevar a tensão. Uma datilografia urgente, nervosa, o personagem tragando e bebendo café (aparecia a mão com o cigarro entre os dedos, a fumaça subindo).

Ação. Ao sinal do diretor, minhas mãos reagiam instantaneamente, como nos concursos de datilografia; acho que vinha daí a frieza para não errar. Era como se eu estivesse numa sala de prova, alguns minutos de expectativa e o ruído da claquete soava como um tiro nos meus ouvidos. Em uma fração de segundos os dedos já tinham arrancado e disparavam, como nos velhos tempos. Eu pensava nos concursos e incorporava o espírito das provas, das inúmeras provas de datilografia que tinha disputado, me lembrava do Hércules, do Lôbo, da Elvira e do Baião, todos feras da máquina como eu, e essas lembranças eram o combustível remoto que na hora da cena fazia meus dedos explodirem. Mas havia também sensações novas, desconhecidas do meu repertório profissional, que surgiam de repente com a câmera ligada e de imediato eram convertidas, por assim dizer, em um matiz ou adereço da minha dublagem, como por exemplo a ilusão de estar no grid de uma corrida de automobilismo ou de tocar piano para uma multidão num estádio silencioso, com todos os holofotes em cima de mim. O diretor então gritava novamente, Ação!, e a cena se repetia, a Underwood corria e voltava, dezenas de vezes, como bate e volta o pensamento, eu pensava no Lôbo e no Hércules, dois fantasmas ligeiros, meus concorrentes na década de 1980, acelerava e pensava na inteligência que esses caras tinham na palma das mãos e no que faziam com ela, ao mesmo tempo que pensava no que pretendia Kerouac, na ansiedade e na pressa que deve ter um escritor quando seus contemporâneos estão publicando coisas que ele acha que poderiam ser suas, e nos copiões e rascunhos de *On the Road*, nas variantes que o antecederam, e ao datilografar com todas essas coisas dançando na minha cabeça e fluindo para a ponta dos dedos, tentando cada uma delas decidir meu ritmo e domar minha técnica, eu ficava ainda mais veloz, arremetia, e já aí começava a entender que naquele rolo de papel em branco machucado pelos tipos de metal estava uma literatura que jamais seria feita a bico de pena, tampouco com caneta esferográfica ou computador. Você entende? Foi assim a minha dublagem, a primeira delas, uma datilografia sem rumo nem freio, mas de certo modo gloriosa, posso dizer, até que em algum ponto elevado da minha concentração, depois de horas de estúdio e exausto, uma brisa soprava sei lá de onde, eu me desligava de tudo, como se daquela clivagem pudesse nascer uma forma própria de atuar. Por um instante todos os pensamentos sumiam e minhas mãos simplesmente deslizavam como um cavalo selvagem, naquele estágio do galope em que o corpo chega quase a flutuar e nem sente as patas sobre o chão. A grua escorregava, eu voltava o carro, Kerouac sempre dava um espaço a mais no início de frase, tac, tac, ta-tac, corta, corta, gritava o diretor.

2.

Ainda que você leia o livro na versão original do rolo, que só saiu em 2007, certamente não vai ter a experiência completa de *On the Road*. Mesmo com o corte irregular da página, tentando imitar a borda do manuscrito, ou, quem sabe, as ranhuras do asfalto, mesmo com o papel amarelado, rústico, mesmo com toda essa arte editorial e os esforços de simulação, a ideia de uma leitura radicalmente contínua, que avança sem o percalço das páginas e pode levar, dependendo do leitor, à exaustão, já está desde logo perdida junto com o próprio rolo. O que você acha?

Kerouac pegou algumas folhas compridas de papel de desenho, um papel fino e macio que poderia ser também papel de telex ou papel de arroz, colou um pedaço no outro com fita adesiva, ajustou as laterais com uma tesoura, para encaixar na máquina. Com o rolo pronto, foi em frente. Em três semanas, fazendo uma média de um metro e oitenta centímetros por dia, ou quase seis mil palavras, percorreu uma estrada de trinta e seis metros, o que equivale a cento e vinte e cinco mil palavras, sem mudar de parágrafo.

Talvez seja bobagem, mas, para fazer justiça a *On the Road*, para não roubar da narrativa essa duração concreta do papel, para não mutilar a forma que é parte insubstituível da viagem, seria preciso publicá-lo exatamente do jeito como foi concebido, não como brochura, mas como rolo, à semelhança dos antigos rolos de papiro romanos, e com um cilindro em cada ponta, para facilitar o manejo. "É como trocar os pés pelas mãos", me disse um dia Verônica, numa de nossas conversas sobre o filme. E eu imediatamente me lembrei de uma cena do livro, uma cena besta, em que o personagem salta do automóvel e planta bananeira no asfalto, uma demonstração instintiva, simbólica, do desejo que Kerouac tinha de ocupar as mãos, de dar a elas o papel mais importante da história. Verônica sempre ficava curiosa sobre as filmagens. Antes de entrar para o tribunal, tinha tentado a carreira de atriz, mas não teve peito para ir adiante; acabou se formando em direito, virou assessora de juiz. Eu lhe relatava os acontecimentos, ela me incentivava. Mas isso não importa. O fato é que a observação de Verônica resume bem a relação do livro com a estrada, esses dois lugares onde a gente pode se refugiar: o rolo não é só uma metáfora, é ele próprio a estrada, a mais literal de todas — a literatura de viagem na sua forma mais crua.

Certa vez — nem sei se deveria mencionar isso —, num fim de tarde em que sobrei sozinho no gabinete, pus a fita do Duke Ellington no walkman, comecei a datilografar. Tinha sido um daqueles dias mornos, tediosos, em que as coisas parecem iguais e o tempo não anda. Fiquei mais de uma hora datilografando trechos do livro, ouvindo a música. Em algum momento, levantei-me para esticar as pernas, ir ao banheiro. Saí pelo corredor, andei até a escada. O gabinete ficava no piso logo acima do saguão do prédio, um palacete em estilo neoclássico, com pé-direito alto. Dali de cima você vê, de um lado, o portão de entrada, e nos fundos, onde a escadaria central se bifurca, um imenso vitral colorido, com a imagem da Justiça. Uma mulher de olhos vendados, sentada, segura com a mão direita uma espada, e com a esquerda, uma balança. Depois de anos subindo e descendo as escadas, a gente nem repara mais nisso. Não sei o que deu em mim naquela hora, não sou dado a arroubos; desci meio patamar da escada, me escorei na parede ao lado do vitral — plantei uma bananeira. Fiquei ali uns segundos, com os pés apoiados na parede, de cabeça para baixo. Não me esqueço daquela visão. Minhas mãos abertas no chão, firmes, sob a proteção da deusa. Naquela época não havia câmeras de segurança.

* * *

Truman Capote, querendo diminuir o mérito de seu contemporâneo, disse uma vez num programa de TV que o que Kerouac fazia não era escrever, era datilografar (isso foi uma ofensa também à classe dos datilógrafos, mas não me importo). Se você me perguntar, vou dizer que Capote evidentemente não entendeu nada do que estava acontecendo, que para Kerouac datilografar e escrever eram de fato coisas inseparáveis, que ele só conseguiu desovar o romance depois que percebeu isso. Sem querer, Capote afinal tinha razão, mas não no sentido pejorativo que ele quis dar. *On the Road* é um romance da máquina e não da pena ou da caneta esferográfica.

Em 2012, fizeram uma exposição do rolo em Paris. Dei um jeito de ir até lá. A visão daquela peça estendida só confirmou uma coisa que eu já tinha descoberto, uma percepção que firmei alguns anos depois da minha estreia como dublê: a de que eu era o protagonista secreto daquele filme. A frase de Capote hoje soa para mim como um elogio. A Underwood de Kerouac, você sabe, foi parar num museu nos Estados Unidos. A última máquina usada por ele, uma Hermes 3000 verde, sem a importância da primeira, mas na qual escreveu seu último romance, foi vendida num leilão por mais de vinte mil dólares — bem mais do que os oito mil que a Smith Corona de Truman Capote, na qual ele terminou de escrever seu livro mais famoso, *A sangue frio*, vendida em 2012 pela internet, numa disputa entre dois interessados.

3.

Se você quer saber, foi um colega dos tempos de jornal, o Túlio, ou Peixe, como era chamado, quem se lembrou de mim para o papel de dublê. Depois de deixar a redação e ficar um tempo desempregado, ele se tornou funcionário da produtora que fez o filme. "Ainda bem que você topou", me disse, quando nos revimos no estúdio. "Já contei para todo mundo o monstro que você é." Na época em que trabalhamos juntos, mal nos víamos; o Peixe era fotógrafo, passava grande parte do tempo na rua. Mas de uma coisa todos sabiam: para entrar naquela redação, não dava para ser uma pessoa comum; tinha de ser, nas palavras do editor, biônico ou Mulher Maravilha — ninguém que batesse menos que quatrocentos toques por minuto. Kerouac era lembrado por alguns como um Neandertal da máquina de escrever; talvez eu fosse uma espécie dessa linhagem.

Eu podia ter continuado no jornal, é verdade. Seria relativamente fácil; já era estudante de jornalismo, conseguiria um cargo de repórter depois que me formasse, e não demorei a concluir o curso. Mas precisava de grana, e gostava de datilografar. Entrei para o tribunal em 1984. Havia arrasado no concurso, deixando o segundo colocado a léguas. Eu tinha só vinte e um anos, mas poucos podiam competir comigo no país; éramos um grupo pequeno, um conhecia o outro. De vez em quando nos encontrávamos em torneios, medindo forças. Cheguei até a participar de algumas competições internacionais.

Sem dúvida. Não havia lugar melhor do que o tribunal para alguém que quisesse ter uma carreira de datilógrafo. A burocracia ama os datilógrafos urgentes. A burocracia judiciária, com sua mania de ordem e execução, ainda mais. Pensando nessa situação hoje, na importância que, na década de 1980 e nas anteriores, se atribuía ao datilógrafo dentro de uma repartição, entendo que é como se vissem nele uma espécie de herói, alguém com um dote mecânico capaz de robustecer a máquina estatal, tonificar sua musculatura. Seria uma vantagem para o Estado ter funcionários assim, concentrados e atléticos. Um datilógrafo que faz seiscentos toques por minuto atravessa o corredor — ele ilumina a repartição. Os outros funcionários botam a cabeça para fora das salas e o reverenciam, quase lhe pedem autógrafo. Esse datilógrafo é o grande astro das repartições, uma espécie de Nadia Comăneci do serviço público. Assim eu me sentia no começo dos anos 1980, ao subir a escadaria do tribunal. Não, não tive dificuldades para datilografar em inglês. A máquina chia mais, tilinta, tem um ruído de talheres, de cristais. Acho que sou capaz de datilografar com presteza em qualquer idioma. Se estranhei alguma coisa, por assim dizer, foi a falta de parágrafos, de lacunas na página, mas apenas no início. Não que isso bloqueasse minha desenvoltura, pelo contrário. A questão é que a *scriptio continua* do rolo confrontava diretamente com o modelo tabular dos textos oficiais. Estaria mais próxima da escrita de jornal, talvez, mas fazia uns quinze anos que eu não tocava nesse tipo de texto; na minha frente, só via acórdãos, votos e despachos, atas, ofícios, resoluções. Minhas mãos estavam viciadas em recuos, em barras, em margens, nos padrões meticulosos da administração. Uma vez posicionados, na máquina ou no computador, meus dedos automaticamente se moviam para ajustar e saltar, medindo, catando; tinham se acostumado a esse exercício acrobático, muito bem treinado, do manual de convenções. Qualquer erro, qualquer desvio de caracteres poderia gerar uma advertência e uma errata — além da discussão infindável entre representantes de vários setores e escalões. Alinhamento, caixa-alta, negrito. Dois espaços, itálico. Três espaços, alinhamento, ementa. Dois espaços, caixa-baixa, preâmbulo. Dois-pontos. E de repente, sob as luzes do estúdio, me via longe dessas normas, na campina solta das palavras, com o clima instável do hemisfério Norte, navegando pelo Mississippi... Olhava para o diretor, para o câmera. Olhava a cara sempre apavorada do assistente. *And in their eyes I would be strange and ragged and like the Prophet who has walked across the land to bring the dark Word, and the only Word I had was "Wow"!* Datilografava essas palavras, e era como se fossem minhas, como se as escrevesse pela primeira vez.

Aos trinta e cinco anos, pois, descobri que o gênero datilográfico comportava surpreendentes variações de estilo. Tirei as apostilas de concurso da gaveta; fiz com elas uma fogueirinha. Em casa, ouvindo "The mooche", uma música que Duke Ellington gravou em 1928 com sua orquestra, eu completava a letra ausente com a batida da minha Erika. Três minutos e dezenove segundos. Começava acompanhando a percussão, reverberando o trote. Os clarinetes iam por dentro. O tom subia, os dedos arrancavam e oscilavam, mais soltos, já na onda dos trompetes. Então vinham os sax, o baixo, o banjo. Podia inventar meu ritmo próprio, explodir, voltar para a percussão. Batia, combinava a sequência de letras para elas se encaixarem na orquestra. Então, devagar, ia substituindo a marcha oficial por voos mais soltos. Sem colchetes, sem acentos, sem versalete. Durante as filmagens, me lembro, voltei a estudar gramática, mas dessa vez preocupado com alguns tópicos menores, que os autores têm certa dificuldade de desenvolver: os anacolutos, as locuções expletivas e as inclassificáveis.

4.

Quando o filme entrou em cartaz, eu já havia retomado a vida morna do computador. As máquinas que têm memória tendem a nos deixar mais displicentes — queremos sempre adiar as palavras, alterá-las depois. Verônica punha na minha mesa os processos, cada pasta de uma cor: as vermelhas, de apelações; as verdes, de agravos; as azuis, de habeas corpus. O Rubens e a Débora, que também eram do gabinete, deixavam os rascunhos da correspondência. Eu digitava, redigitava, devolvia para eles o trabalho limpo. De vez em quando vinha serviço de outros setores; profissionais da minha classe já estavam em extinção. Isso foi em 2002, eu acho, na mesma época em que o datilógrafo virou oficial judiciário, um eufemismo para digitador. Eu subia e descia a escadaria sem pensar em outro compromisso. Para manter a forma, voltei a andar no parque nos fins de tarde.

Comecei a receber telefonemas de pessoas que não via há séculos. Queriam me dar os parabéns. Tinham ido ao cinema, acharam ótima, incrível, a minha participação. Alguns colegas de colégio, parentes, minha ex-mulher. Por um momento, no meio daquela pequena agitação, cheguei a crer que tinha dado um salto, me afastado dos seres comuns e da vida terrena, para me encaixar em outro mundo. Passou logo. Nos gabinetes, angariei uma fama inesperada. De vez em quando vinha à minha sala um funcionário de outro setor, de uma secretaria ou cartório, gente curiosa que queria apertar minhas mãos.

Não demorou muito, o Peixe ligou. *On the Road* fazia sucesso — ganhou a crítica e um prêmio em Berlim. Ele estava envolvido em um trabalho novo; queria me fazer uma proposta. Nos encontramos no mesmo dia.

"Pois é, quem diria, agora você é um dublê internacional", falou, não sei se brincando. "Todo mundo quer saber, meu caro, de quem eram aquelas mãos — se são reais ou efeito de computador."

Sondou minha vida, o trabalho. O filme, dessa vez, era de um diretor francês. Sentia-me como um ator importante, que precisa ser seduzido antes de aceitar o convite.

"Olha, Alex. Suas mãos vão trabalhar muito. Queremos alguém com experiência, que seja versátil. De preferência, que saiba manejar armas e copos."

Era para ser Hemingway.

* * *

O longa era uma espécie de biografia ficcional de Ernest Hemingway, mas se concentrava nos anos 1920. Não sei se você chegou a vê-lo. No Brasil, deram o título de *Desembarque em Paris*, e ficou pouco tempo em cartaz. A ação começa no outono de 1956. Hemingway e Mary, então esposa do escritor, estão voltando de férias da Espanha. Antes de zarpar para Nova York, passam por Paris, e lá, como de costume, se hospedam no Ritz. A história foi contada pela própria Mary num artigo de jornal. No saguão do hotel, Hemingway é cercado pelos funcionários. Ele precisa recolher uma bagagem velha que está guardada há quase trinta anos no porão. Todo ano eles lhe dão o mesmo aviso, mas Hemingway nunca presta atenção. Dessa vez era a última chance: ou o escritor retira a bagagem, ou ela será destinada à incineração. Hemingway manda subir as tralhas. Lá estão cadernos de notas, folhas datilografadas, gravuras e recortes de jornal, além de peças de roupa velha. Porém, o filme não mostra logo de cara o momento em que a bagagem é aberta e se descobre seu conteúdo. Quando Hemingway levanta a tampa da mala, rota e mofada, a cena se transporta imediatamente para o Boulevard Saint-Michel, na Paris de 1921. É o ano em que o escritor desembarca na cidade com sua primeira mulher, Hadley, como correspondente de um jornal canadense.

O filme se desenrola a partir desse ponto. Cobre todo o período em que Hemingway viveu na França e viajou pela Europa, de 1921 até 1927. É então um reencontro com o passado, com a juventude do escritor iniciante. São tempos de aprendizagem, de contato com outros escritores e artistas — Pound e Fitzgerald, James Joyce, Gertrude Stein. Hemingway acompanha a guerra entre turcos e gregos, escreve diariamente para o *Toronto Star*. É obrigado a recomeçar do zero, depois de Hadley ter perdido a valise com todos os seus manuscritos, na estação de trem, em 1922. Publica *In Our Time*, o primeiro livro só de contos, em uma edição artesanal de poucos exemplares. É isso que o filme mostra. Está preocupado com a formação literária do escritor, o desenvolvimento de sua técnica, de suas manias. Aparecem as viagens a Pamplona e também as corridas de cavalo, mas, ao contrário dos filmes grandiosos de Hollywood, apenas de modo secundário, menos como turismo do que como laboratório de escrita.

A trama, arranjada em episódios delimitados, como se fossem contos, segue até o momento em que, em 1927, antes da partida para Key West, nos Estados Unidos, Hemingway deixa a mala no Ritz. Nesse instante, a cena salta novamente para 1956, no mesmo Ritz onde o filme começou, trinta anos depois. A mala é finalmente aberta, e os velhos papéis da juventude vêm à luz. Ele os examina com lentidão. Antes de deixar o hotel, no inverno de 1957, compra malas novas para transportá-los. Os volumes entram no carro, alguém bate o capô. Fim.

Mais ou menos, era esse o roteiro. Em 1964, três anos depois da morte de Hemingway, Mary organizou e editou *Paris é uma festa*, o livro de memórias do escritor sobre os anos de Paris. Ele tinha trabalhado nos antigos papéis em Cuba e nos Estados Unidos, mas não chegou a concluir o projeto. Que máquina usou? Provavelmente uma Halda, sueca, da qual eu nunca tinha ouvido falar.

Saí do encontro com o Peixe pensando em como ia entrar nessa. Manejar armas e copos — era isso o que martelava na minha cabeça. Desci a avenida agitado, na direção do parque. Já sentia as mãos formigando, uma vontade de sair correndo. Liguei para Verônica, que ficou animada com a novidade. Pular de Kerouac para Hemingway era trocar o jazz pela espingarda. Eu tinha lido alguns contos de Hemingway — o suficiente para me lembrar do seu estilo curto e grosso, às vezes mutilado, dos seus arremates bruscos. Mas tinha preguiça dos romances, talvez contaminado pelo tom solene, grandioso, de alguns filmes. Se para fazer Kerouac eu tinha soltado a mão, com Hemingway era preciso um adestramento.

Hemingway deve ter sido um dos autores mais filmados da história do cinema. Você sabe disso melhor que eu. Fizeram todo tipo de adaptação, de romances e contos, alguns mais de uma vez, não é? Vida e ficção sempre foram bem misturadas no caso dele. *Desembarque em Paris* tinha uma pretensão biográfica, mas não exatamente realista. Baseava-se em memórias, em cartas e depoimentos. Mas também, e de forma deliberada, nos livros de ficção, como o diretor fazia questão de frisar. "Não é um filme preocupado com a verdade", ele dizia nas entrevistas.

Em algumas cenas, o roteirista tinha convertido trechos de contos em histórias vividas por Hemingway ou por algum dos outros personagens. Podia ser só um detalhe, um diálogo, por exemplo, podia ser também um episódio inteiro. Assim, a técnica de Nick Adams para pescar trutas — em "O grande rio de dois corações", um conto de 1925 — é emprestada ao personagem Hemingway em uma cena de pescaria com amigos em Burguete, no mesmo ano. Um episódio da guerra greco-turca, que Hemingway acompanhou em Constantinopla em fins de 1922, é retirado de "No cais de Esmirna", de 1930. Uma discussão entre Hemingway e Hadley, quando o casamento dos dois já ruía, é transplantada do diálogo entre Nick e Marjorie, no conto "O fim de qualquer coisa", de 1924. O filme era todo assim. Fato ou invenção, pouco importa. Havia muitas cenas de mãos datilografando — e era por isso que eu estava lá.

Antes de começarem as gravações, o Peixe mandou para minha casa uma Corona 3, de 1921. Uma máquina verde, de bordas arredondadas, bela e compacta. Tinha só três fileiras de teclado, com boa folga entre as letras. Foi esse o modelo de máquina que Hemingway ganhou da noiva Hadley no dia em que fez vinte e dois anos. Levou-a no barco para a França e nela escreveu os primeiros contos. Ele usaria várias outras ao longo da vida, mas nenhuma aparece no filme. Passei no supermercado, comprei uísque, vinho, rum e limão. Preparava um mojito e ficava datilografando em pé, até tarde da noite. Sempre achei que existe uma relação direta entre o tipo de bebida e o estilo de escrever. Nunca consegui saber qual é o meu.

No tribunal, fiz uma brincadeira que acabou virando rotina, e isso foi bom para mim. Verônica tinha me pedido para digitar um voto para o juiz. Não era nada urgente. O esboço foi preparado, exatamente como deveria, mas não no computador. Entreguei a ela um papel datilografado, com cópia em carbono e tudo, batido na Remington que estava comigo. Ela olhou, deu uma risada. Fez as correções na minha frente, eu datilografei de novo. Só na última versão passei para o computador. Depois disso, vários documentos foram escritos dessa maneira, para ela e para os outros, inclusive para o juiz. Escreviam à mão, depois eu copiava à máquina, por fim no computador. Às vezes alguém no corredor ouvia o ruído do mecanismo, metia a cabeça na sala para ver. Para minha surpresa, o número de versões diminuiu. Sabendo que o trabalho seria feito à máquina, os colegas se viram obrigados a ter mais atenção com as palavras; pensavam mais, mudavam menos, erravam menos. A máquina tem lá a sua autoridade.

Com Hemingway, passei no estúdio bem mais tempo do que no primeiro filme. Foram dois meses de gravação. Além das entradas datilográficas, fiz também sequências a lápis, simulando leituras de revisão. Era para evitar problemas de continuidade. Hemingway datilografava, mexia, datilografava de novo. Em seu apartamento em Paris, em hotéis na Espanha, na Itália, em Constantinopla. A Corona era portátil, podia ser levada para qualquer lugar. Alemanha. Suíça. Tirei um mês de férias, quase fui parar em Esmirna. Gravaram na Europa e nos Estados Unidos, mas o dublê não era necessário. Na preparação das cenas, o ator que fez Hemingway achou que deveria caçar e pescar. Caiu de um barranco, feriu a perna no arame, quase teve uma gangrena. As filmagens ficaram paradas um tempo por causa disso.

À noite, num quarto de hotel, o copo de uísque sobre a mesa, ao alcance da mão — a cena se passa em Madri, me lembro bem dela. Eu abastecia a máquina, ajustava a folha no rolo. Na bancada, uma bagunça de papéis e notas manuscritas. "The Killers", em letra miúda, era o título no alto da página. Conto escrito em 16 de maio de 1926. Eu tinha até memorizado alguns trechos, mas a cola estava ali. O diretor dava o sinal, eu esperava alguns segundos, soltava os dedos numa rajada. Uma frase, ponto. Silêncio. Outra frase, ponto. *"What's the idea?" Nick asked.* Eu imaginava um leão na savana, imaginava um peixe no fundo do rio. *"There isn't any idea."* Eu levantava o copo, levava-o à boca, devolvia-o à mesa. Silêncio. Uma saraivada violenta de frases à queima-roupa. Saía faísca do papel. *"What do you think it's all about?"* Silêncio. Eu pensava num soldado, um soldado à espreita. O soldado levanta a cabeça, atira, encolhe-se de novo na trincheira. Pensava num boxeador. Ele ginga, se esquiva, recua. Seus dedos estão atados como se fossem uma coisa só, esperando a brecha. *"What do you think's going to happen?"* Silêncio. Eu puxava a alavanca, rodava o cilindro. Recarregava, engatilhava. A câmera grudada nos meus dedos. O estúdio em silêncio. *"Nothing."* Eu levantava as mãos do teclado, estalava os dedos um no outro. O peixe, o lutador, o soldado. Todos deveriam estar lá, no intervalo entre uma frase e outra, no centro do silêncio. Meus vinte anos de silêncio no serviço público. Vinte anos concentrados entre um disparo e outro, a parte oculta do meu iceberg. *"They did not say anything."* Na minha cabeça, vinha então o trecho final, o último golpe, e eu disparava em bloco, de uma só vez. *"They'll kill him."* As folhas tombavam no chão, uma a uma.

Ao contrário de Kerouac, ao contrário das linhas contínuas de *On the Road*, o estilo de Hemingway favorecia meus dotes de burocrata. Eu podia aproveitar o velho instinto de padronização, dos protocolos oficiais. A cada série de frases, um intervalo. Aprendi a sincronizar a respiração com a batida da máquina, a suprimir pensamentos. Comandava as letras como a extensão natural das minhas nervuras. Tendão, falange, dedo, botão. Cabo, mola, haste, tipo. Para imitar um escritor, para ser seu duplo, era preciso intuir seus reflexos, seus tremores. Isso é o que chamo de fazer justiça com as próprias mãos.

Há um poema do Hemingway, talvez você conheça, que define a Corona como uma metralhadora, uma máquina de disparar palavras, que abre caminho para a infantaria da criação. O poema se chama "Mitragliatrice", e saiu em 1923, se não me falha a memória. Um tiro na mosca. Afinal, foi uma fabricante de armas, a Remington, que produziu a primeira máquina de escrever que funcionou para valer, com o teclado do jeito como ainda é hoje. Tal como a Corona, que herdou sua mecânica de um revólver. Carregar, engatilhar, disparar. Os mecanismos são os mesmos, o resultado difere. Num domingo de verão de 1961, Hemingway, que estava em sua casa em Ketchum, nos Estados Unidos, levantou-se cedo, como de costume. Ele gostava de escrever pela manhã. Mas, em vez de ir para a máquina de datilografar, pegou a chave do porão e desceu. Entre as armas que mantinha ali, escolheu uma espingarda de dois canos, subiu para o vestíbulo. Imagino que, antes de puxar o gatilho, soprou as mãos.

5.

Dois ou três roteiros, um compêndio de biografias. Uma antologia do conto americano, outra do conto alemão. Poemas de cummings e Charles Olson. Uma coletânea de manuscritos de autores famosos. A pilha ia subindo, tomando o espaço dos processos. Sempre fui um leitor atrevido, é verdade, apesar de disperso. Mas era a primeira vez que minha mesa ficava daquele jeito. No final de 2003, já tinha gravado quatro ou cinco filmes. Em seguida, vieram mais três. De algum modo, meu nome circulava nas produtoras. Para conciliar o trabalho com as gravações, contei com a boa vontade de Verônica e do juiz. O caso foi à diretoria, a um comitê de desembargadores. Chegaram à conclusão de que seria interessante ter um funcionário infiltrado no cinema. Consegui um horário flexível, compensava as horas até o fim do mês.

Foram três curtas quase simultâneos. Primeiro, a adaptação de um conto de Conan Doyle, "Um caso de identidade", tirado de *As aventuras de Sherlock Holmes*. O conto é de 1891 e pode ter sido o primeiro em que a máquina de escrever aparece como elemento da narrativa. Na história, um farsante escreve cartas para a vítima, e Sherlock o desmascara por detalhes datilográficos, pelas falhas e pequenas manchas que os tipos deixam no papel. A cena com a máquina era rápida, mas acho que dei um toque de humor ao personagem — que coça os dedos cada vez que interrompe o texto.

Em seguida, veio um filme sobre Nietzsche, um recorte biográfico da vida do filósofo, começando no início dos anos

1880. Em certo momento, vem à tona sua relação com a máquina de escrever, nos primórdios da invenção. Fiquei meio sem jeito de bancar o Nietzsche, confesso, tal a minha ignorância sobre ele. Na verdade, eu não precisava saber grandes coisas — um dublê nunca precisa saber grandes coisas —, mas mesmo assim me senti um impostor. Só que não podia perder a chance de experimentar a *writing ball*, de jeito nenhum, aquela máquina dourada, esférica, com a cúpula toda espetada — cinquenta e duas hastes com letras nas pontas. Essa máquina, pelo que sei, foi imaginada especialmente para facilitar a vida de quem tinha distúrbios de visão e de audição. Nietzsche adquire a sua em 1882, logo após ter saído da universidade por problemas de saúde. Ele tinha dores de cabeça terríveis, você sabe, e não enxergava praticamente nada do olho direito; bastavam dez minutos de leitura para que perdesse a concentração, penando com a enxaqueca. A *writing ball* chegou como uma esperança e um alívio para ele, pelo menos enquanto não emperrou; usando-a, Nietzsche podia substituir o esforço da visão pelo do tato, e assim retomar seus livros. No filme, a bola escrevente reluz dois ou três minutos diante da câmera, talvez os mais tensos que já fiz. Não foi fácil dominar aquela engrenagem. O teclado, côncavo, não está no padrão que a gente conhece; você cata as letras em cima, o papel sai atravessado por baixo. As gravações aconteciam à noite; na manhã seguinte, eu já estava em um estúdio diferente, às voltas com outra máquina e outro escritor — Mark Twain, que também foi um pioneiro e encarou a novidade mecânica na mesma época de Nietzsche. Pelo menos Twain usava uma Remington.

Não dava para descansar. Comecei a descobrir escritores que eu nem imaginava existir. Ao fazer quarenta, minhas mãos continuavam saudáveis, as rugas não tinham começado a aparecer. Depois da trilogia dos curtas, como eu os apelidei (Twain, Nietzsche e Doyle acabaram se tornando um capítulo unificado da minha carreira), fui parar em Buenos Aires, a pedido de Túlio, o Peixe. A tarefa era dublar um escritor imaginário — um velho contista cordobense que mantém o hábito de datilografar cartões-postais. Quando seus amigos viajam para o exterior, sempre lhe trazem um postal diferente, que ele, sem nunca ter saído da Argentina, encaminha para alguém como se tivesse estado na cidade do postal.

No embalo, era para eu ter feito também um escritor argentino real, Roberto Arlt, mas por falta de patrocínio o negócio azedou. Hoje, quando penso em como seria esse filme, só consigo imaginar uma janela, uma janela larga aberta para o centro da cidade, e um homem que se posta diante dela todos os dias para datilografar sua crônica. A rua acende e escurece, as mãos mudam de cor e de humor — com café, cigarro, uísque. Diante da janela, elas golpeiam a Underwood todos os dias. Essa paisagem ao mesmo tempo cambiante e estática é todo o filme. Uma biografia das mãos, que resume meus próprios dias. Se algum produtor topasse a ideia, nem ia gastar muito dinheiro.

Para quem está de fora, pode parecer muito, mas essa farra não durou seis meses. As gravações eram feitas em uma, duas semanas. Lembro-me de que, no fim de 2005, antes de tirar férias e me mandar para a praia, onde torrei de uma só vez os meus cachês, ainda participei de mais duas histórias. Uma, a de um escritor húngaro cujo nome não me lembro, e nem conseguiria pronunciar. Depois de escrever e reescrever o final de um conto mais de cem vezes, ele arrebenta a máquina com uma marreta. No final, decide tatuar a sequência q-w-e-r-t no dorso da mão esquerda, e y-u-i-o-p, no da direita, um caractere para cada dedo correspondente.

A outra era uma história não muito breve sobre Kafka, na Praga dos anos 1910, uma tentativa de recriar o ambiente da companhia de seguros onde ele trabalhava e a correspondência amorosa gerada ali. Um filme que gostei muito de fazer, cheio de máquinas e missivas, um filme de amor aos copistas, no qual minhas mãos conversavam alegremente com as mãos retas e pálidas — a única parte visível do braço, coberto até o punho — de Felice Bauer.

Aos poucos, você já percebeu, era como se eu tivesse saído da casca, a casca rançosa e pálida em que estava metido havia duas décadas e que condenava minhas falanges a uma espécie de escravidão anatômica. A certa altura, aprendi a mudar de estilo, sem contaminar tudo com os protocolos, como acontecia no início. Com todos os dedos, com dois dedos, com apenas um. Com tiques, com ternura, com golpes. Minha mão longa e plana, de poucos pelos e veias discretas, boa para maquiar. Assim, eu saía da versão burocrática para a jornalística, da militar para a bêbada, ou da telegráfica para a musical. Tornava-me frio, suave, atrevido, meigo, doente, elétrico, frouxo, festivo, louco. Aproveitava as diferenças de intensidade, ritmo, velocidade, força; criava sotaques datilográficos. Certamente não dava para fazer isso no computador. Em casa, punha as mãos na água morna e as deixava descansar.

Uma tarde, eu tinha acabado de sair do estúdio, estava no tribunal pondo os papéis em dia. Havia uma série de ofícios e votos para preparar, eu tentava compensar o atraso da semana. O que era urgente eu punha nas mãos de Verônica, que entregava ao juiz. Ele só tinha que dar uma olhada e assinar. Em uma dessas, Verônica saiu da sala dele e veio diretamente para minha mesa. Fingi que não a notei, continuei fazendo o meu trabalho. Daí a pouco encostou o Rubens, e logo a Débora. Quando levantei a cabeça, o círculo estava formado, com os três em cima de mim. O que foi?, perguntei. Verônica estendeu a mão, aquela mão ligeiramente manchada pela idade e o excesso de sol, me mostrou o documento pinçado entre os dedos. Os outros acompanhavam com atenção. Logo abaixo do brasão do Judiciário, no lugar reservado ao vocativo, lia-se apenas uma palavra, *Querida*, e, na última linha, no campo da assinatura, *Franz*. "Não tenho nenhum prazer em descrever-lhe meu trabalho burocrático. Por si mesmo ele não é digno de seu conhecimento e também não é certo que eu o descreva a você numa carta, pois ele não me deixa tempo nem repouso suficiente para que possa escrever-lhe." Sim, em vez do ofício, eu tinha digitado um trecho inteiro de uma carta de Kafka a sua noiva, confundindo o script do filme com o manuscrito do juiz. Logicamente pedi desculpas, refiz o trabalho. Meio assustados, os três voltaram para suas mesas; o juiz não teve notícia do episódio. Tudo bem. Não era a primeira vez que eu confundia o gabinete com o estúdio, e os colegas já sabiam disso. O que eles não sabiam é que, ao vir atrás de mim, ao cercar a minha mesa, estavam reproduzindo eles próprios, e com exatidão, uma das boas cenas do filme.

Contando isso para você, percebo como, ao falar de Verônica, minha memória é fisgada não pelo seu rosto, mas por suas mãos. É essa a parte dela que vem imediatamente à minha cabeça, em nome do resto. Uma lembrança metonímica, por assim dizer. Mãos manchadas e sóbrias, que por contiguidade puxam as mãos de Débora, ágeis e insatisfeitas, e então as de Rubens — fumantes, molengas, carunchosas. Escavando um pouco, poderia vir o álbum inteiro, com pedaços perdidos de outras mãos. Décadas de mãos folheando processos, os mesmos processos que um dia foram furados com furadeiras e amarrados com tiras de couro. Agora que eles estão parando de circular, e podem ser vistos na íntegra na tela do computador, página por página sem trocar de mesa, penso que algo mais acontece. Essa orquestra, com seus afetos, seus duelos invisíveis, essa orquestra de mãos, também prestes a desaparecer.

6.

Responsabilizo diretamente Bukowski pelos meus dias de alcoolismo e mal-estar. Sempre fui um cara comedido, diurno. Há muitos anos não sabia o que era ficar bêbado. Tinha saído dos trilhos para fazer Hemingway, você tem razão, mas nada que se compare aos porres dedicados a Bukowski. Não, não dava para dublá--lo sem esse ingrediente. A datilografia dele dependia diretamente da bebida, e sua máquina não funcionava sem a garrafa do lado.

Em 1984, você sabe, Bukowski escreveu o roteiro de *Barfly*, por encomenda de um diretor francês, ou iraniano talvez, cujo nome agora não me lembro. Barbet... Isso, Barbet Schroeder. O filme, ao que parece, fez até um certo sucesso em Cannes. *Barfly* evoca as memórias subterrâneas de Bukowski, os tempos em que ele, ainda jovem e desconhecido, se divide entre a bebedeira e as tentativas literárias, metendo-se cada dia em uma briga só para garantir a ação. A existência de um indivíduo concentrada em um bar. Ele se debruça no balcão, pede um drinque e espera — encena ali toda a espera de sua vida.

A partir da experiência com esse roteiro, Bukowski escreveu um romance chamado *Hollywood*, que trata dos bastidores de *Barfly* — a produção, as manias dos atores, a escrita do roteiro. O romance saiu em 1989, e foi com base nele que fizeram, em 2005, o filme no qual atuei, também chamado *Hollywood*. Um espelho refletindo o outro — mas com um detalhe. No filme, ao contrário do romance, os nomes dos personagens são os da vida real. O diretor, um cara bem novo, que tinha morado um tempo em Los Angeles, tratava o filme como documentário — um documentário cujo roteiro era o romance. "No meu filme", ele dizia, "Henry Chinaski vai voltar a ser Bukowski. Assim eu restauro a ordem primeira das coisas." Não sei até que ponto isso era uma ironia.

O Bukowski do meu filme sai do Chinaski do romance, que veio de Bukowski ele mesmo, que foi Chinaski em *Barfly*. Este foi interpretado por Mickey Rourke, de verdade, e por Jack Bledsoe, de mentira, que tentavam por sua vez ser Bukowski — aquele espectro de cabelo ensebado e barba por fazer, visível em *Barfly* no canto da tela, tomando uísque e olhando para o nada. Só de pensar nisso fico tonto, um círculo que nunca se fecha, ainda mais quando você põe em jogo partes de seu próprio corpo, pressentindo que já não te pertencem. Mas é exatamente aí, no intervalo desses fotogramas desencontrados, que minhas mãos subtraídas vão se sobrepor às de Bukowski, vão coincidir com elas — um encontro de dois fantasmas em câmera lenta.

Para quem já tinha feito Hemingway, Bukowski poderia ser — por que não? — uma continuação natural e ao mesmo tempo contraditória do antecessor, o filho que ergue a mão contra o pai para mostrar-lhe força, tal como fez o próprio Chinaski em um conto chamado "Classe": provoca Hemingway e luta no ringue contra ele, nocauteando-o de modo surpreendente, com golpes também de humor. As mãos pequenas de Chinaski contra as mãos gordas do "Papa". Eu não cheguei a treinar boxe, mas suei os punhos como se calçasse luvas, sempre imaginando como seriam os jabes e os cruzados aplicados ao alfabeto. Que sequência de letras seria a melhor para reproduzir a coreografia de um pugilista? TTT, jabe de esquerda. JJJ, cruzado de direita. ASDF-G, *upper* de esquerda, SHIFT-U, gancho de direita. Recuo, parágrafo, clinch. Hoje me pergunto: será que aquele espaço que Kerouac dava antes de iniciar uma frase era um vício herdado do boxe? Kerouac, Hemingway, Bukowski. Roberto Arlt. Todos boxeavam. Cortázar, que eu dublaria mais tarde, também era fã da luta. Todos tinham esse instinto, o mesmo da escrita, de arriscar tudo nas mãos. Já sei. O boxe é uma metáfora valiosa para o escritor, um guarda-chuva de ideias; vira teatro e competição, duelo e dança. Mas para mim não passava de um modelo elegante de como aplicar golpes, de como estourar a pele ou o papel. O problema com a máquina é que você nunca sabe contra quem está lutando.

Se não me engano, começava assim. *B. sobe as escadas, com a garrafa de vinho na mão.* O ator era pouco conhecido, ou nada. Tinha os seus sessenta e poucos anos, parecia com o Bukowski das fotografias. Profissional. Assentou-se, tomou uma golada no bico, ligou e beijou a máquina, tal como mandava o script. Nunca me dei bem com máquinas elétricas, elas me estressam com aquele zumbido. Mas Chinaski usara uma IBM, pelo menos para escrever o roteiro. O ator enfiou um papel no rolo, ligou o rádio. Rompeu a música clássica, como gostava Bukowski, como gostava Chinaski, como constava no script. *Scheherazade*, do russo Kórsakov. A câmera passeava pelo escritório, mirava a sujeira e os troços espalhados. Se Bukowski tomava um gole, eu tomava também. Ia bebendo junto com o ator, para não perder a sintonia. Um gato pulava na mesa, a câmera o perseguia, o bicho sentava na folha de um poema. Close no gato e no poema, estava escrito no script. A cena tinha então que cortar para o andar de baixo, uma panorâmica da sala. Barbet, o diretor, e Linda, a mulher de Bukowski, assentados no sofá, um em cada ponta, captando o som que vinha de cima. Até que entrava o barulho da máquina, misturando-se à música de Kórsakov. Alguns segundos apenas, e enfim o corte para as mãos, as minhas mãos. Era isso que estava no script. Não sei, porém, o que houve, se foi efeito do vinho, uma ausência, um surto. O estúdio inteiro aguardava a datilografia, a vibração que completaria a cena. Mas, você sabe, até os boxeadores golpeiam no vazio. Minhas mãos travaram, eu falhei. Pela primeira vez senti na ponta dos dedos o branco do pensamento, um branco inevitável, mas que não podia ser meu. Naquela noite as gravações foram suspensas. Saí para a rua, tomei várias cervejas em um balcão. *Scheherazade* continuou a todo volume na minha cabeça.

7.

Talvez tenha sido imprudência aceitar o convite que se seguiu. Eu precisava dar uma pausa, uma pausa mais longa, mas não resisti. Como dizer não para aquelas mãos gigantescas, as maiores da história da literatura, as mãos de Cortázar? Era julho de 2007. Eu ainda estava de ressaca das filmagens de Bukowski, que tinham terminado no mês anterior. O novo filme se passaria todo na estrada, ou melhor, à beira da estrada, e era inspirado na insólita viagem que Cortázar tinha feito com Carol Dunlop, sua mulher, de Paris a Marselha, entre maio e junho de 1982. Os dois encheram uma Kombi de mantimentos e se meteram na pista; durante trinta dias foram parando nos postos e estacionamentos, em todos os que havia, à velocidade de dois por dia, e ali ficavam, explorando os limites entre o asfalto e o capim, os banheiros e os bosques, os acostamentos. Uma expedição a lugar nenhum, ou uma cartografia de lugares sem interesse. Fotografaram tudo; cada um tinha a sua Olympia Traveller — portátil, branquinha, compacta. Os registros da viagem deram origem ao livro *Os autonautas da cosmopista*, publicado em 1983 — como você sabe, a base para o roteiro do filme.

Ao contrário de Kerouac, que traz a estrada para o curso da máquina, o que faz Cortázar é levar a máquina para o curso da estrada. Como um expedicionário, ele tem a esperança ou a expectativa, eu acho, de mapear os bolsões de um mundo paralelo, lugares penetráveis ao longo da pista, mas invisíveis para quem segue sem parar. Se você pensar na lógica dessa viagem, que o filme tentou copiar, a estrada não é uma linha que liga dois pontos, um de partida e outro de chegada, a estrada é o centro dos acontecimentos. Dela é possível fazer uma passagem para tudo o que está ao redor, nas laterais. O espaço aí devora o tempo — esse deve ser o único *road movie* estático da história.

Uns dias antes de minha partida para Paris, o juiz me chamou na sala dele. Tinha visto meu nome citado em um artigo de jornal. Sabe-se lá por quê, o colunista, que era comentarista de cinema, me incluía numa lista de gente que considerava antipatriótica, atores e artistas que só faziam trabalhos com estrangeiros ou que tinham saído do país para seguir carreira no exterior.

"Fraga", o juiz sempre me chamava pelo sobrenome, "por que você nunca fez o filme de um escritor brasileiro?", ele perguntou, em tom de curiosidade. Havia uma pilha de processos na mesa; ele despachava e passava as pastas para Verônica. Instintivamente, olhei para as mãos dele. Mãos pequenas e gordas, uma aliança na esquerda, um anel na direita. Só conseguia pensar no Cortázar. Um argentino nascido na Bélgica que morava na França e escrevia em espanhol. A pergunta não tinha sentido para mim, e o tal artigo, menos ainda. Tentei imaginar como seriam mãos nacionais — carregadas com algum trejeito, algum humor, quem sabe, que então se transfeririam para o personagem a partir do impulso datilográfico. Como seriam as mãos chinesas, as inglesas, as russas? Minhas mãos não são mãos nacionais, são apenas brasileiras. Não estariam aptas a representar o que o juiz tinha na cabeça: uma arma, um emblema, talvez ele próprio vestido com a toga. Para me provocar, enumerou uma série de autores, vários que eu desconhecia, de Graciliano Ramos (que, parece, não escrevia à máquina) a Murilo Rubião. Olhei a bandeirinha do Brasil na mesa dele, ao lado da bandeira do estado. Lembrei-me de que, ao encarnar Bukowski, dei-lhe um tremor etílico; em Kafka, pus uma dose de tédio. Seriam esses os valores de alguma nação?

"O que ele deveria é fazer o papel completo", Verônica disse, saindo com os processos, "deveria fazer o papel dos escritores."

Por fim, respondi: "De fato, não dublei nenhum autor nacional. Mas só porque não fui convidado".

Claro que não foi fácil encarnar as mãos gigantescas de Cortázar. Com base em fotografias, calculei que teriam dois ou três centímetros a mais do que as minhas. A Olympia parecia um brinquedinho perto delas. "O tamanho não importa", pensei. "Posso ter as mãos diminutas comparadas com as do Cortázar, mas não é isso que vai nos distanciar." A semelhança está sempre no detalhe, no reflexo, naquilo que você não repara. Você sabe bem disso. Posso ser um poste ou um gato e ser parecido com Cortázar. A produção ajudou. Capricharam na maquiagem, trataram a luz. Em algumas cenas, usaram uma lente que deformava os dedos, aumentando-os, e isso produzia um efeito interessante, que não era grotesco, mas poderia ser fantástico.

Das setenta paradas ao longo da pista, filmamos em umas dez. Eram na maioria sequências de longa duração, de um mesmo ângulo, a câmera descansando diante da paisagem. Um flagrante de vento, de chuva, e era só isso a cena inteira, dois ou três minutos de contemplação. A estrada e a história corriam sem enredo, em preto e branco, preenchidas apenas pela expectativa de um acontecimento. Pelo menos era assim que eu, como espectador, encarava o filme; não sei se você concorda comigo. Os caminhões passam, um grupo de viajantes prepara seu almoço; Cortázar ajeita a Olympia na mesinha e começa a escrever. Um posto de gasolina, um armazém, uma canaleta. E logo uma família de lesmas, um cachimbo, um rouxinol. Relendo o livro, algumas passagens ainda me soam juvenis; o diretor não transportou esse tom para a tela.

Onde não há enredo, as coisas pequenas crescem, a vida dura mais: cozinhar, lavar as mãos, comer, beber, ler, jogar cartas — datilografar. Datilografar ali, na beira de uma rodovia, não era um gesto frenético ou bêbado, era só mais uma forma de esquecimento e lentidão. Minhas mãos trabalharam muito; eram quase o fio condutor da viagem. Além de escrever, lavavam roupas, mexiam panelas, jogavam cartas. Lembro-me que, em uma das cenas, em Achères-la-Forêt, Cortázar consultava o tarô. Eu tinha que virar as cartas sobre a mesa, a câmera com o olho nelas. Ao virar a primeira, veio por acaso o carro, o carro de Hermes, a mesma carta que Cortázar relata ter tirado ao iniciar a viagem. Hermes, o protetor dos viajantes, o deus dos mensageiros, dos comerciantes, dos ladrões de gado, o deus dos tradutores e dos escreventes. Para Cortázar, era o sinal de uma boa viagem. De minha parte, penso que ele, sem saber, antevia já o escriba, o escriba-datilógrafo que trinta anos depois, com uma equipe de filmagem, repetiria na mesma estrada aquele mesmo gesto.

A máquina de Carol, idêntica à de Cortázar, contracenava com a minha em diversos momentos. Sob as árvores, cada um em sua sombra, ou compartilhando a mesa, numa espécie de duo. Os ruídos dos carros e dos bichos completavam a trilha sonora. Uma vez caiu uma tempestade e gravamos espremidos dentro da Kombi. A dublê de Carol, uma velha datilógrafa francesa, muito séria, topou fazer comigo uma sonata improvisada, a quatro mãos. A experiência foi filmada e acabou entrando no filme. Aos poucos, à medida que as gravações corriam, a máquina aguçava sua presença, tornava-se um quarto personagem, além dos viajantes e da Kombi. Hoje guardo a lembrança das minhas mãos manchadas, os punhos dobrados no ar, as veias e os tendões salientes como o tronco de um álamo.

Quando a gente está fora de casa, costuma ter sonhos estranhos. Foi o que aconteceu comigo durante aquelas gravações. Dormíamos na estrada, chegamos até a acampar. Na noite francesa, eu sonhava com o tribunal, com a escadaria na entrada do prédio. Os degraus eram um teclado; o prédio, com suas colunas, uma máquina gigante. Minhas mãos cresciam, eu batia os dedos nos degraus. Na calçada, as pessoas se aglomeravam para assistir.

De volta ao Brasil, os pesadelos continuaram. Um dia acordei em casa no meio da noite, zonzo, na penumbra. Abri os olhos, vi um braço estendido ao meu lado, um braço e uma mão solta em cima do travesseiro. Gastei alguns segundos para entender que era só um pedaço do meu corpo.

8.

A máquina, como os comprimidos, altera a personalidade do escritor. Pode degradá-la, dividi-la, domesticá-la. Nietzsche mudou de estilo quando começou a datilografar — dizem que ficou mais direto, telegráfico. "Nossas ferramentas de escrita participam da formação dos nossos pensamentos", ele próprio afirmou certa vez, respondendo à carta de um aluno. Hemingway considerava sua Corona 3 uma espécie de psiquiatra, o único a que ele se submeteria. Paul Auster, que você conhece bem, escreveu um livro para contar a história de sua Olympia, a máquina que ele usou por quase trinta anos. Foi um filme sobre Auster, aliás, que acabei de gravar. Diante da máquina, alguns liberam o instinto amoroso, outros, o instinto assassino, de destruição. Há os que se inclinam para o suicídio. Você deve se lembrar daquele longa em que o sujeito, depois de fracassar várias vezes na tentativa de escrever um romance, atira a máquina do penhasco e fica mudo. O fato é que, desde que surgiu, a máquina trouxe consigo um poder novo, de libertação. Uma vez datilografadas, as palavras já são obra de um estranho ou de um inimigo. A máquina ajudou os escritores a se libertarem de si mesmos. Não é essa uma bela forma de sobreviver?

Talvez você saiba dessa história. Em março de 1905, Samuel Clemens, o Mark Twain, publicou em um jornal de Nova York um pequeno trecho do que viria a ser sua autobiografia, um depoimento no qual ele se autoproclamava "a primeira pessoa no mundo a aplicar a máquina de escrever à literatura". Twain, na verdade, datilografou pouco; nunca se deu muito bem com o teclado. Preferia escrever à mão, e também gostava de ditar — um assistente apanhava as notas e depois as transpunha à máquina. Twain pode ter sido, então, o primeiro escritor a enviar à editora os originais datilografados de um livro, e esse livro seria *As aventuras de Tom Sawyer*, se acreditarmos em suas palavras no jornal. Em 1874, uma jovem datilógrafa contratada por ele teria batido os manuscritos. Um século depois, entretanto, veio à tona uma carta, assinada pelo próprio Twain, contradizendo a declaração anterior. No documento, com data de 1883, se não me engano, Twain comenta sua experiência com a máquina e considera *Life on the Mississippi*, que ele tinha acabado de escrever, o primeiro datiloscrito. Parte desse livro teria sido datilografada por um copista de Elmira, a cidade onde o escritor passava os verões com a família, e o restante, entregue a uma moça de nome desconhecido em Hartford, onde Twain morava. No filme sobre o escritor — um falso documentário, acho que posso chamá-lo assim —, o diretor resolveu aproveitar essa indecisão. Gravou cenas dúbias e contraditórias, brincando com a memória do personagem.

Clemens deixa a varanda, entra na sala de jogo. Apaga o charuto, enche um copo de uísque. É dezembro de 1874. Está frio em Hartford. Sobre a mesa de bilhar, papéis e manuscritos amontoam-se em várias pilhas. Ele cata uma folha em branco, senta diante da máquina, a grande máquina comprada há poucos meses em uma viagem a Boston. O mecanismo, cheio de ferrinhos e madeiras, mais parece uma máquina de costura — esse era o modelo mais antigo da Remington. Começo a datilografar. Nesse tipo de máquina, não dá para enxergar o texto que vai saindo no papel. Minhas mãos tropeçam, catando as letras, conforme as instruções do diretor. Para retornar o carro, aciono um pedal. É uma carta dirigida a um amigo — uma carta sem propósito, apenas para "praticar a coisa", ele escreve. Termino o parágrafo, retiro a folha da máquina. Clemens se levanta, aproxima a folha da luz. Admira a escrita, o tipo gótico, todo em caixa-alta. Pego (minhas mãos pegam) uma caneta, umedeço a ponta no tinteiro. Onde o tipo havia falhado, completo o *M* de Mark à mão.

Gravei essa cena em 2004, na mesma época do filme sobre Nietzsche, como te falei. Uma aparição-relâmpago, secundária, que me ajudou, no entanto, a entender um pouco melhor o que eu vinha fazendo. Dessa vez os protagonistas do filme eram as mulheres, e entre elas estava a tal moça, a estenógrafa desconhecida a quem Twain teria confiado os capítulos finais de *Vida no Mississippi*. Twain aparece várias vezes ditando para ela, em pé, andando de um lado para outro, ou entre almofadas, esticado no sofá. Falando e corrigindo-se, ele experimenta as sentenças como se rascunhasse em voz alta. Parece perseguir no ditado uma forma literária, uma forma certeira que atenda a seu desejo de lembrar. Em uma cena, ele está sozinho em seu escritório; lê o datiloscrito feito pela assistente. Concentrado, lê e relê um mesmo parágrafo. Sua esposa, Olivia, entra então no estúdio, chamando-o para o jantar. Ele levanta os olhos para ela, diz: "Quem foi que escreveu isso, Livy? De quem são essas palavras?" — e começa a rabiscar loucamente o papel, a machucá-lo, feri-lo, como se estripa um inimigo.

    Não sei até que ponto essa passagem — o diretor mandou repeti-la várias vezes — é fiel à biografia de Clemens, até que ponto pode contrariar os fatos. Mas para mim isso pouco importa. Para mim, se você me permite a opinião, está aí uma espécie de chave para a literatura moderna, uma literatura que de algum modo precisava se livrar dos homens que escreviam, das mãos de quem escrevia. A máquina permitiu isso de forma bem concreta. Com a máquina, o escritor podia livrar-se de sua caligrafia, das lascas de seu próprio corpo que estão na caligrafia. A prensa já podia fazer isso, tudo bem, mas foi a máquina de datilografar que transformou os dedos em máquina, ao mesmo tempo que tornou as letras independentes da assinatura, no próprio ato de escrita. Você não vê mais os ganchos, os cortes, os remates, não distingue os sinais tombados e os retos. Datilografadas, as palavras já nascem anônimas.

    Não é à toa que as primeiras máquinas foram feitas para os cegos. Os olhos param de vigiar as mãos, o que é um modo de evitar a consciência. Não tenho autoridade para falar, eu sei, mas experimentei essa sensação, essa sensação primitiva, no filme sobre Twain, e também no de Nietzsche. "Os olhos não mais têm que fazer o seu trabalho", Nietzsche escreveu em algum lugar. Os dedos estalam por sua conta, guiados diretamente pela contração dos nervos. Para escrever à máquina, é necessário vendar os olhos, como você faz ao aprender a datilografar — com um tampão sobre as mãos. Essa é a lei do gênero datilográfico. Quem datilografa não vê, não se vê. Por outro lado, é exatamente por isso, por causa dessa cegueira, que os tipos têm seu próprio reino. Me desculpe se estou falando demais, quem sou eu, afinal, um mero datilógrafo-dublê. O poeta americano cummings descobriu esse reino. Olson, aquele outro poeta americano, também. Fizeram uma poesia da máquina, uma poesia em que as possibilidades são dadas pelo equipamento. Que eu saiba, cummings tirou da escuridão os caracteres subalternos, e elevou tudo aquilo que os manuais adoram: os parênteses, os colchetes, as maiúsculas e as minúsculas, os hifens, os espaços. Tratou-os com nobreza e dignidade. Gosto de imaginar que a poesia de cummings seria um braço perdido, um ramo vadio das redações oficiais. Esse cara, se não fosse poeta, ia ser meu colega no serviço público.

9.

Agora aceito um copo de água. Sim, café também, obrigado. Às vezes, sabe como me sinto? Uma espécie de faxineiro. Verônica me passa um manuscrito, devolvo-lhe uma folha timbrada, bonita. Ela então retorna à página como se fosse a primeira vez. Foi isso o que fiz a vida inteira como datilógrafo e depois como digitador — uma tarefa higiênica, tecnicamente assassina. Agora não faço mais. Matei o juiz toda vez que datilografei um texto dele. O escritor também é assim. Quanto mais revisa, mais se afasta de si, e continua até encontrar aquele que gostaria de ser, até que não aguenta mais transformar-se. Os compêndios jurídicos poderiam dar isso como exemplo de impessoalidade na administração. Twain, que foi tipógrafo, sonhou uma vez com a máquina perfeita. Sonhou com a máquina que substituiria o homem na composição, na revisão, na impressão. Imitando os movimentos humanos, essa máquina deveria, inclusive, pensar. Twain investiu uma pequena fortuna nessa ideia, investiu tempo e trabalho, mas seu parceiro, o inventor James Paige, jamais conseguiu concluí-la. Tal como aconteceu a Balzac, uma máquina de escrita levou Twain à falência, mas também o obrigou a escrever mais. É por isso que os escritores se endividam.

Já te falei da deusa da Justiça, a mulher com a espada e a balança retratada no vitral. Podiam ter desenhado um livro, quem sabe, ou ainda uma águia, um leão, até mesmo um crânio ou avestruz, como há por aí. Foi preciso dublar muitas mãos para eu entender. Essa mulher tem os olhos vendados. Durante trinta anos, subi e desci a escadaria do tribunal, sempre cruzando com essa senhora, essa senhora solitária que tem de cobrir os olhos para fazer o seu trabalho. Olho-a agora e o que vejo é uma enorme tela de cinema. A deusa da Justiça é uma datilógrafa.

10.

A vantagem da carreira de ator é que ela coincide com a vida, você sabe. Sempre tem um papel pra gente dublar. Quando sua produtora me procurou no final de 2012, dizendo que você queria conversar comigo, eu estava acabando de gravar o último filme, aquele inspirado nas histórias de Paul Auster. Foi um ano em que as coisas mudaram muito no tribunal. O juiz se aposentou, Rubens e Verônica saíram do gabinete. Hoje, entre os antigos datilógrafos, sou um dos poucos sobreviventes.

O filme ainda não estreou, mas acho que você vai gostar. A princípio, era para ser algo fiel à biografia de Auster, uma adaptação de passagens de A *invenção da solidão*. Ao longo das gravações, porém, as coisas foram se modificando. O diretor começou a distorcer os episódios e as referências até se afastar completamente do compromisso biográfico. O roteiro foi reescrito. No fim das contas, o Paul do filme não responde pelo Paul real a não ser como um fantasma. Suponho que você conheça bem o ator que fez o protagonista — sim, aquele americano de olhos esbugalhados e testa grande, que só faz papel de fracassado. Dizem que se parece muito comigo; várias vezes nos confundiram no set.

O ano é 1993. Paul tem cerca de quarenta anos, é um escritor reconhecido, está preparando mais um romance. Passa noites em claro, fuma, sai à rua, não consegue passar do primeiro capítulo. Faz dois anos que perdeu o pai em um acidente estranho — o pequeno avião caiu no mar, perto da costa; o corpo jamais foi encontrado. Paul vinha se recusando a escrever sobre o acontecimento, mas agora a lembrança do pai retorna de forma perturbadora. Aí começa a história — Paul interrompe o romance e decide pôr no papel tudo o que o conduz ao pai: um caderno de comentários e notas, de pequenos contos, como se a invenção pudesse ocupar, quem sabe, o lugar do corpo desaparecido.

Não foi fácil para o diretor colocar isso em imagens, é claro. O filme acabou assumindo a forma de um mosaico de histórias curtas, furtivas, quase sempre melancólicas, como aquela do jovem esquiador que descobre por acaso, depois de uma avalanche de neve nos Alpes, um corpo congelado, e vê no rosto desse corpo um espelho do seu. Trata-se, afinal, do cadáver do próprio pai, também esquiador, morto vinte anos antes no mesmo lugar. Entre um episódio e outro, o filme retorna ao presente do escritor, e é ele quem costura as peças do roteiro.

Para datilografar, Paul, o personagem, usa sua Olympia velha, surrada, a mesma que inspirou Auster a escrever *The Story of My Typewriter*. Uma máquina alemã, de 1962, que ele teria comprado de um amigo em 1974 e usado até o fim do milênio. A máquina o acompanha em suas viagens pelos Estados Unidos, também pela França. Tem o hábito de escrever primeiro à mão; em seguida datilografa os rascunhos. O personagem tenta imitar essas características. A máquina está borrando, as hastes grudam, mas Paul não consegue se desfazer dela, mesmo tendo comprado um computador. Assim, dois dramas se entrelaçam: o sumiço do pai e o desaparecimento da máquina de datilografar. Na frente do computador, a suavidade das teclas o inibe — um sussurro estéril, "como se esvaziasse o sentido das coisas", ele diz. Se toda a literatura americana moderna, como dizia Hemingway, começa com Mark Twain, talvez em Paul Auster, fico pensando, esteja o seu fim — pelo menos do ponto de vista dos datilógrafos.

Sento-me diante da Olympia, começo a datilografar. Se sou eu, se é Paul, já não faz diferença, estão aí duas mãos. Essa violência natural sobre as letras — é isso que falta no computador. Falta a inteligência das mãos, sua capacidade de respirar e decidir. Quando a máquina surgiu, sequestrou o domínio dos olhos; veio o computador e devolveu todo o poder a eles. Sinto falta da disciplina da máquina, que te obriga a ficar alerta, que exige sua atenção como a de um soldado em vigília. Músculos e cérebro em exercício de uma só vez, sem errar. Ao contrário do computador, a máquina não tolera o desperdício de palavras; carrega-as de imediato, espontâneas e sujas.

No filme, tem uma cena que acho curiosa, já que você quer saber: em um café de Manhattan, Paul conversa com seu revisor. O nome dele é Clark. Os dois sempre se encontram em um mesmo café no sul de Manhattan. "Quando leio um livro", diz Clark, "sou capaz de dizer se foi escrito à máquina, se foi escrito no computador." Clark é um leitor minucioso, obsessivo, capaz de enxergar a alma das palavras. Imagina refazer toda a história da literatura com base nestas duas categorias: "a literatura da máquina e a literatura do computador". Por exemplo: "Balzac, literatura da máquina. Flaubert, literatura do computador". Isso é o que Clark diz a Paul em um café no sul de Manhattan.

Digitar, corrigir: essa é a técnica do computador — automática, discreta —, uma mágica que a máquina de datilografar não pode fazer. Você escreve a primeira palavra e a revisão já está ali, presumida, embutida na tela. Uma correção após a outra; palavras que entram e saem, para a frente e para trás. "Errata: o método do computador." Não sei se essa é uma frase de Paul ou de Clark.

Um computador pode apagar as palavras infinitamente, pode copiar, guardar as palavras infinitamente. É uma fábrica de fantasmas. Ressuscito uma frase, mudo um parágrafo de lugar. Uma Remington, uma Hermes vão sempre na mesma direção, em linha reta. "Kerouac: literatura da máquina. Jorge Luis Borges: literatura do computador." Essas palavras caberiam muito bem na boca de Clark.

Alguns escritores reclamam do ruído da máquina. Dizem que espanta a ideia, que distrai. Mas pode também disparar a ideia, catapultá-la até o papel. A cada disparo, o cérebro se recarrega. "Se você sonha: máquina. Se você tem uma alucinação: computador. Se está consciente: usa as mãos."

No final do filme, se você quer saber, Paul não conclui o relato sobre o pai; é um livro inacabado. No limite do cansaço, ele apenas reúne o que tinha escrito e encaminha para o amigo editor. Notas: à mão, à máquina, no computador. Por ordem de Paul, elas só poderiam ser publicadas cinco anos depois. Quanto à Olympia, é preciso livrar-se dela. No dia de gravar a cena, o ator ficou doente. Na pressa, sugeriram que eu poderia substituí-lo. Era uma cena muito curta, à distância. Parecidos como somos, ninguém ia perceber. Pego a máquina nos braços, caminho lentamente até o quintal, bem debaixo de uma árvore. Ali cavo um buraco e a enterro. Foi a última cena que gravei.

11.

De vez em quando, chego em casa à noite, abro uma garrafa de vinho, como manda Bukowski, e dedilho a Corona 3 que ganhei do Peixe na época do Hemingway. Datilografo alguns cartões, invento cartas para amigos. Dos tempos épicos da datilografia, sobraram apenas os dedos e as fotos. Quando entrei para o serviço público, minha era já tinha passado, mas só muito depois me dei conta disso. Agora vejo as coisas com clareza. Cheguei no fim da festa; os filmes têm prolongado a minha existência.

Verônica, como te disse, mudou de gabinete, e logo depois se aposentou. Nunca mais a vi. No lugar do desembargador, entrou uma juíza nova, que não precisa dos meus serviços; faz tudo diretamente no computador. No começo, ela me pedia para digitar um relatório, ou alguns quadros, com tabelas e números. No final, era isso o que tinha restado para nós, datilógrafos transformados em digitadores — tabelas e números. Foi por isso que aceitei o posto que me ofereceram no arquivo. Agora guardo os velhos documentos, e até os digitalizo. No dorso da mão esquerda, estão surgindo umas manchas, olhe só, mas as duas continuam ativas e prontas.

Desde que soube o que você queria comigo, venho pensando na sua proposta. Venho pensando nas coisas que ia te dizer quando chegasse aqui. Você me oferece um filme — o filme que vai narrar o desaparecimento da máquina de escrever, o fim de uma era. Quer que eu seja o protagonista desse filme, quer que eu faça o papel de mim mesmo — um datilógrafo de tribunal, o último datilógrafo dessa era. Quer que eu conte minha própria história, trinta anos em duas horas — e termine enterrando a máquina debaixo de uma árvore.

A proposta me comove. Nunca pensei que fosse chegar. Poderia até aceitá-la, é claro. Mas, para aceitá-la, algo nesse roteiro tem que mudar. Ele precisa de uma correção. O fato é que, depois de tanto fazer o papel dos outros, essas mãos já não me pertencem, não podem dublar a si mesmas. Te proponho outra coisa, se você permite. Outro roteiro, talvez outro filme. Você começa com estas palavras, você começa com uma entrevista. Voltamos então no tempo e começa a história de um escritor. Um homem que era datilógrafo de tribunal, e de tanto dublar acabou se tornando ele próprio um escritor. Esse seria o meu papel. O único problema será achar alguém que possa dublar as minhas mãos.

A superfície dos planetas

Nas proximidades do Sol, disse Tom. É sempre lá que ele aparece.

Tinham saído da rodovia, começava a subida da serra. Tom dirigia devagar. Na beira da encosta dava para avistar uma ponta da cidade, a névoa cobrindo a linha de morros.

É um planeta esquivo, Tom continuou. Só se deixa ver no crepúsculo, depois que o Sol já caiu. Ou ao amanhecer — naquela franja de luz.

Mercúrio —

— Mercúrio, ele repetiu, tentando superar o volume do rádio.

Presta atenção na estrada, Tom — disse Sara.

No banco de trás, Marcela tinha acendido um cigarro.

Acho que nunca vi tanta curva, ela disse. Tanta curva e tanto abismo. Me dá um pouco de enjoo.

Essa é a serra mais alta da região, disse Tom. Para atravessar, a gente vai ter que ir até o topo. Depois desce um pouquinho e pronto.

Marcela abriu um pedaço da janela, explodiu um vento seco.
Ainda bem que vocês não ligam pra cigarro, ela disse, soprando a fumaça na direção da fresta.

*

Um carro encosta na traseira, Tom cai para a direita, deixa-o passar.

Se o céu continuar limpo, ele disse, vai ser perfeito. O problema é a neblina. Sempre tem neblina por aqui.
O Sol da tarde batia de frente, filtrado pelos flancos das rochas. Concentrada diante do espelho, Sara esfregava um lábio no outro, espalhando o protetor.

Dois, três... cinco — cinco focos de incêndio, ela disse, contando os pontos no horizonte.
E, virando-se para trás:
Tem umas cervejas aí, Marcela, dentro da sacola térmica. Trouxemos pra você.

*

É um planeta intrigante, Tom continuou. Parece um secretário — um pajem do Sol. Acompanha-o e é ofuscado por ele. Mas é traiçoeiro. Só sai às escondidas, e bem nessa hora — a hora da passagem.

Marcela tinha aberto uma das latinhas.

É a hora do desastre — disse Sara, apertando a nuca de Tom. Não é à toa que tem essas cores: lilás, âmbar, ferrugem. Cores de desastre.

Acho que estou mais para Urano, disse Marcela. —
— Tem jeito de ver Urano hoje, Tom?

Sara arrumou novamente os óculos — grandes, quadrados —, recostou a cabeça no banco:
E desde quando você sabe alguma coisa sobre Urano?

Marcela segurava a cerveja com uma das mãos, o cigarro na outra:
Já ouvi dizer que é torto, caído.
É que tem o eixo muito inclinado — disse Tom. Os polos ficam voltados para o Sol — norte e sul se revezando. Um dia — éons atrás — Urano se chocou com um troço do tamanho dele, e emborcou.

Sara desligou o rádio, fez que ia cochilar.

Daqui a pouco, disse Tom, Saturno vai despontar ali, na altura daquele morro. Vai estar visível a olho nu. —
— Não serve Saturno, Marcela?

Ela deu um longo trago, reteve a fumaça um instante:
Não, Tom. —
— Saturno hoje não aguento. Sedutor demais, violento demais. Quero algo que ainda não vi, mais sombrio, mais distante. Entende? Olha só este nome — Urano. É perverso, é salgado — Urano.

*

Um túnel escureceu o carro, na saída ressurgiu o despenhadeiro.

Urano hoje está perto da Lua, disse Tom. Com o telescópio dá pra ver. Dá pra ver também Netuno, Júpiter. Entre os planetas, só não dá pra observar Vênus, que está muito perto do Sol. Nem Plutão — mas esse só existe mesmo para imaginar.
Plutão já foi rebaixado — disse Sara, cortante, sem abrir os olhos.
É. Mas a qualquer hora eles reconsideram —
— pode esperar, ele retrucou.

*

Marcela dava goles lentos, retinha a bebida na boca: Adoro isso, disse. —
— O álcool se instalando, lavando a cabeça da gente.

Levantou a latinha, brindou com o ar:
Vênus também não me comove.

*

Não é só uma questão astronômica, Sara — disse Tom, ignorando Marcela. Eles vão ter que voltar atrás.
Voltar atrás?
É. Os astrônomos. No caso de Plutão.

Sara virou-se para ele, olhou-o por cima dos óculos.

Quando Plutão foi rebaixado, ele continuou, romperam o equilíbrio — a música. Foram séculos para chegar a esta ordem, exata — nove planetas. Agora não dá mais para apagar: a série foi concluída. Escute: Mercúrio, Vênus, Terra/ Marte, Júpiter, Saturno/ Urano, Netuno, Plutão. —

— Três, três, três.

Pois eu conto num ritmo diferente — respondeu Sara, voltando-se para a janela. De dois em dois, com Plutão sozinho no final. —

— Plutão sempre fica sozinho no final.

*

Falta muito pra chegar? — perguntou Marcela.
Tom esticou o pescoço, vasculhando o topo da serra.

Parece perto, não é? — ele disse. Quando a gente olha a cúpula do observatório lá em cima, parece mais perto do que é. —

— Um pouco antes do pôr do sol a gente chega.

Lá em casa, Marcela, tem uma lareira — disse Sara. Vamos tomar vinho, jantar. Vai te fazer bem, tenho certeza. Você vai sair de lá bem melhor.

*

Marcela chegou para a frente, enfiou a cabeça no meio dos dois. Como um peixe, ia soltando argolas de fumaça na cara de Tom.

Há quanto tempo você está nessa, Tom? — ela perguntou.
Nessa o quê?
Nessa — de observar o céu.

Ele puxou o ar, suspirou.
Desde que saí da agência. Deve ter um ano. Não estava muito bem.
Sim. Você já me falou sobre isso — ela disse.

Pois é. Gastei quinze anos para entender.
Entender?
É. Que a publicidade não faz sentido — nenhum sentido.

Sara voltou-se para Marcela.
Primeiro ele ficou travado. Depois resolveu viajar. Ficou dois meses fora, torrando o dinheiro da indenização. Foi pra Índia, pra China, até para o Vietnã ele foi, disse Sara.

A estrada se esticava numa reta, Tom acelerou. Monturos de brita se acumulavam nas margens, invadindo a pista.

Quinze anos de lavagem cerebral, ele continuou. A máquina funciona assim: raspa as palavras por dentro; sobram apenas as cascas, nulas. Até meu nome mudou. De Antônio, passei a Tom — um nome eviscerado. Agora preciso recuperar as palavras, as palavras primordiais.

Não liga, não, Marcela, interveio Sara. Ele está delirante mesmo.

Tom balançou a cabeça, apontou com o queixo a lateral da pista. Uma cratera escavava em degraus a barriga da serra. A poucos metros do carro, gravitava um enorme lençol de poeira.

*

Eu visitei sua exposição em São Paulo, Sara — disse Marcela, olhando para o buraco.
Sara tirou os óculos, rodou o lenço em volta do pescoço.
Acho que é um dos melhores trabalhos seus que já vi, Marcela continuou. —
— Pode parecer pretensão, mas sei que tem alguma coisa ali que você fez pensando em mim.

Marcela abriu o jornal, começou a ler:

"Se você, recentemente, andando pela rua, deu de cara com algum livro pendurado num varal — as páginas abertas, expostas ao relento —, provavelmente estava diante de um dos tantos volumes que a artista Sara Bloch espalhou pela cidade..."

Isso está no jornal de hoje? — Tom perguntou.

Está.

"Do centro à periferia, os livros foram deixados nos mais variados lugares. Estação de metrô, ponto de ônibus, banheiro público. Lote vago, estacionamento, supermercado. Portão de estádio, posto de gasolina, beira de rodovia. A artista se aproveita de uma ideia de Marcel Duchamp — ampliando-a — e brinca com outros que o citaram (como o escritor Roberto Bolaño, através de um de seus personagens). Para Duchamp, que certa vez instruiu a irmã a pendurar na sala um compêndio de geometria, os livros deveriam 'levar a sério os fatos da vida'; o propósito de Sara, talvez mais direto, foi sujeitá-los à crueza de determinados lugares, desafiá-los — atacar sua vaidade em público. Romances ou compêndios de geometria, Sara quis confrontar a lógica de cada um deles com a do ambiente a que foram expostos — e ver como reagiam. É um teste de resistência, ela diz. A experiência foi toda registrada em fotografias e vídeos, que agora estão reunidos em uma exposição. Os itens mais impressionantes, porém, e que compõem grande parte da mostra, são os próprios livros — ou o que sobrou deles." — Etc. etc. etc.

*

Tom abriu o vidro, mostrou um cisco no poente.

Vocês estão percebendo?
Não.

É Marte. Já está ali, acima de Saturno. No telescópio vocês vão ver. —
— No mês que vem, um cometa vai quase tangenciar Marte. A cauda vai encobri-lo todo.

As pessoas acham que é simples, disse Sara. Mas gastei meses planejando, estudando os locais, os títulos. —
— Olhem. Ali mesmo, ou um pouco adiante, pendurei um volume, ela disse, apontando um desvão sob a rocha. Era um manual de psicologia.
E qual o resultado? — perguntou Marcela.
Não sei. Foi um dos que não consegui recuperar. Acho que caiu no abismo.

Outra arena se abria ao lado do asfalto — ferruginosa, vermelha:
Marte, disse Tom — a superfície de Marte é assim.

Presta atenção na estrada, Tom, disse Sara.

*

Marcela ameaçou retomar a leitura, Sara roubou-lhe o jornal. Na foto, em preto e branco, ocupando meia página, seu rosto aparecia de perfil. O nariz agudo, a sobrancelha grossa. Ao fundo, preso em um barbante, um livro destroçado dava a impressão de balançar. Ela dobrou a reportagem e trancou-a no porta-luvas.

Fecha o vidro, Tom. —
— Tem muita fumaça aqui.

*

1756 metros — uma placa indicava a altitude. Um caminhão seguia pela margem de terra, a caçamba batendo, o minério vazando.

Será que vai chover? Tenho a sensação de estar em um vulcão.
É só fumaça, Marcela. E cinzas.
Estou apertada, Tom.
Ali na frente tem uma barraquinha, um cara que vende laranjas — a gente para lá.

Marcela enfiou a mão na sacola, abriu outra latinha.

Ele vem de Oort, disse Tom — da nuvem de Oort. O cometa. Perto do Sol, vai sublimando, morre com o calor.

Sara se virou para trás, trocou um olhar com Marcela, sorriu.

*

Fico pensando nos insetos, Tom continuou. O princípio é o mesmo — a atração pela luz. Que diferença tem entre o cometa e esses bichos? A abelha voa ao redor da lâmpada, gira e gira, insanamente, até tombar, queimada pelo calor. O instinto suicida — rigorosamente o mesmo.

Não dá mais para segurar, Tom. Para o carro, pediu Marcela. Olha!
Ele meteu o pé no freio, bruscamente.
Acho que é um lobo, um coelho, ele disse, procurando o vulto entre os arbustos.

*

Mal Tom encostou o carro, Marcela abriu a porta, saiu correndo na direção da barraca. O vendedor apontou a portinha no meio do mato.

A barraca estava instalada em uma clareira de cascalho — a poucos metros do precipício. A vista, ampla, quase completava o círculo. Cordéis de laranjas pendiam do teto, deixando um cheiro cítrico no ar.

Marcela e Tom se aproximaram. Em silêncio, perscrutando o abismo, o vendedor separou um punhado de laranjas. Pegava uma delas, encaixava-a na engrenagem, acionava a manivela. As rodas giravam — as rodas dentadas —, a casca ia se desprendendo, caía uma tira de anéis.

Uma dúzia? — ele perguntou.

Marcela saiu da casinha, veio andando devagar. Acendeu um cigarro, encostou-se na mureta de pedra.

Nem chorar direito eu consigo, ela disse, segurando a saia, que subia com o vento. Os comprimidos não deixam. É como se as lágrimas ficassem represadas dentro da minha cabeça — entendem? Pressionam, mas não conseguem sair.

Você ainda está de licença? — perguntou Marcela.
Estou. Mais dez dias.

Antes, Marcela continuou, o mundo desabava, e era como se eu estivesse embaixo, muros e tijolos caindo na minha cabeça. Agora, o mundo continua desabando, mas eu não me importo, apenas contemplo.

O vendedor pôs uma fruta na mão de cada um, continuou o seu trabalho. Tom avançou na direção do despenhadeiro, as duas o seguiram.

O vento soprava mais forte, mais seco, mais frio. A cidade tinha desaparecido sob a neblina.

Já sonhei com algo parecido, disse Tom, recolhendo as mãos nos bolsos:
Para sair dessa, Marcela, você tem que pensar em coisas extraordinárias. A matéria escura, por exemplo. O Bóson de Higgs, o choque entre galáxias. Isso vai te deixar mais tranquila.

Sara abraçou a amiga pelo ombro. Marcela começou a soluçar. Entre um soluço e outro, sugava com força a laranja.

Vocês estão indo para o observatório? — o vendedor perguntou.
Não — a gente tem uma casa lá no alto, respondeu Tom.

Hoje está bom para ver Netuno, disse o vendedor, limando mais uma laranja.
É? Como você sabe? — Tom perguntou.

Foi o professor que disse, o professor que toma conta do observatório. Mas eu também observo.

*

O céu se tornara mais limpo, inteiro, desviando-se do azul para o lilás. De vez em quando se ouvia o estrondo de uma detonação.

O que é que você está preparando agora, Sara? Marcela perguntou.

Uma teia, ela disse. Uma teia entre livros. —
— Uma linha sai de um livro, vai a outro livro, e a outro. —
— Vou costurar uma biblioteca inteira.

Tom abraçou-se às duas:
Hadar... Acrux, Becrux — ali, no Cruzeiro do Sul. Antares, a Oeste. Pégaso, Andrômeda, Escultor, Fênix... Tom ia apontando o céu, unia com os dedos as constelações invisíveis.
Lá embaixo: Aldebarã, Bellatrix — bem embaixo, no leste.
Urano? Se você quer Urano, está ali atrás, correndo sobre Peixes, perto de Netuno. —
— Urano. Uma bola azul, gasosa, gelada. Os dias lá passam depressa, mas os anos não acabam.
No dia em que eu recuperar as palavras, ele disse, vou entender alguma coisa — essas superfícies, essa agonia.

*

Estamos chegando? — Marcela perguntou, antes de dispensar a cerveja e afundar-se de vez no banco.
Tom acendeu os faróis, a estrada contornava o observatório. Engatou o ponto morto, ia soltando o freio devagar — era o único declive.
Um pequeno animal corria na frente do carro, em disparada, eletrizado pelo farol. Não conseguia esquivar-se para a margem, escapar do facho de luz.

Em silêncio, Sara rabiscava um bloco de desenho. Com traços rápidos, tentava reproduzir as primeiras estrelas.

Mercúrio, balbuciou Tom —
procurando na abóbada o astro escondido.

Mercúrio, ele repetiu —
mas nenhuma das duas o ouvia.

Teatro

Um

1.

Nos dias de ensaio, a responsabilidade de buscá-lo era minha. Quatro vezes por semana, no começo da tarde, eu pegava o carro na produtora e subia a ladeira da rua Rio Doce, no São Lucas. É uma região até bem conhecida, mas, antes de arrumar esse trabalho, nunca imaginei que pudesse existir ali um casarão como aquele, rodeado de mata, escondido no alto do morro. As instruções eram simples: apanhar Aníbal, levá-lo ao galpão, aguentar na plateia até o fim do ensaio. Depois, quase sempre de noite, devolvê-lo em casa. Também estava incumbido de providenciar o que ele pedisse — um lanche, um remédio, uma bengala, um chapéu. Qualquer coisa que ele achasse boa para compor o personagem ou que simplesmente lhe desse na telha. Era uma tarefa subalterna, eu sei, como todas as que o Cortez me passava, mas foi graças a ela que comecei a frequentar a casa do ator.

* * *

Me lembro perfeitamente do primeiro dia, se você quiser detalhes. Eu tinha ficado um tempão plantado na sala, até Catarina descer e a gente entrar no escritório. Aníbal estava ali, quieto na poltrona, instruindo de longe a moça da limpeza. Um por um, ela tirava a poeira dos cartazes na parede.

"Então você é o assistente", ele disse, sem se virar para mim, quando Catarina nos apresentou.

Na minha cabeça — eu só o conhecia de fotografias —, Aníbal era um cara alto, esguio, um pouco ruivo talvez, e o que via ali era um homem miúdo, frágil, mas de algum modo luminoso.

"Assistente, assistente", ele ficou repetindo a palavra, como se precisasse decifrá-la. "Da família dos mensageiros. Você vai me conduzir, não é? Um guia. Nada mais alvissareiro que um guia. Um adivinho, um arauto. Conto com você, meu rapaz, conto com você!"

Então se levantou de um salto, me estendeu a mão, sorriu. Catarina tratou de providenciar um café, ele começou a discursar. Me chamou para passar em revista os cartazes das peças que tinha feito, espalhados pela sala e pelas paredes do escritório.

Eles perceberam, é lógico, que eu não entendia nada de teatro. Aníbal mencionava diretores, atores, montagens. Eu permanecia mudo. Não queria cometer nenhuma gafe, pôr em risco aquele emprego que parecia bom.

"O Cortez", ele disse, "você sabe como é o Cortez. Um minimalista. Desde sempre. Foi com ele que aprendi a limpar os gestos. Limpar, meu rapaz, isso é importante!"

Contou a história da amizade entre os dois, de como o tinha conhecido. Gostava das manias dele, da aspereza na hora de dirigir. Aníbal ia falando, de vez em quando se interrompia, indagava baixinho algo sobre minha vida, minhas preferências dramáticas. Então me cortava no meio da resposta, e apontava outro pôster que a moça tinha acabado de limpar.

Assim Aníbal poderia passar o dia inteiro, mas Catarina fez um sinal, ele foi atrás dela. Samuel, meio ajudante, meio mordomo, me puxou para assinar o livro de visitas. Em cinco minutos, o ator voltou das escadas: lenço no bolso, gravata-borboleta — impecável.

"Pois então vamos, meu rapaz", ele disse, "vamos, que quem tem talento não envelhece."

Entramos no carro, ele cantarolando, afinando a voz, eu sem entender que a frase saíra de um monólogo de Tchékhov.

2.

O propósito do Cortez, como você sabe, era prestar uma homenagem a Aníbal — a peça tinha sido montada especialmente para ele. Aníbal já havia encenado o *Rei Lear* uns trinta anos antes, no papel de Gloucester. Agora faria o rei — e talvez fosse a última vez a subir num palco.

Se Aníbal não tivesse voltado a Belo Horizonte, provavelmente não atuaria mais. Ao que parece, já estava meio abandonado quando saiu do Rio. Os diretores temiam convidá-lo, não confiavam mais nele. Acho também que evitavam seu estilo, para alguns, decadente. Todo mundo sabe que ele vinha tendo problemas no palco, apesar da vitalidade, do vigor declamatório a que recorria para distrair os espectadores dos erros. Não que esquecesse as falas — apenas as trocava. Uma palavra de Hamlet na boca de Harpagon, um trecho de Ionesco infiltrado em Beckett. Ele retornou à cidade em busca de descanso, ou de prestígio. Contra a vontade da mulher, Vanda, é claro, pois ela não consegue ficar longe do mar.

Havia algum tempo Cortez vinha tentando atrair o ator. Consultou os filhos, provocou uma discussão entre eles. Tadeu foi contra — não queria expor o pai a um risco desses, um texto difícil como Shakespeare. Henrique concordava com o irmão, mas seus palpites eram secundários — Catarina o calava só com o olhar. Quanto a Danilo, você sabe, esse não conta. Está brigado com todo mundo desde que entrou na Justiça contra os outros — por causa de um apartamento no Rio.

Foi Catarina, no final das contas, a que acompanha Aníbal em tudo, a que está sempre do lado dele, quem bateu o martelo. Determinou que o pai daria conta do recado, que sua carreira merecia essa espécie de, vamos dizer, coroamento. O final da história você mesmo testemunhou. O Lear que subiu aos palcos, aqui e também no Rio, era outro a cada noite, sempre com uma estranheza diferente, até quando pôde manter-se em cartaz, até quando o perigo se tornou grande demais e o próprio Cortez decidiu que bastava. Mas só os entendidos em Shakespeare, só os mais chatos, conseguiam sacar o que estava acontecendo lá em cima.

Aníbal Flôres. Antes eu não tinha a exata noção do que o nome dele representava. Aos poucos, à medida que fui assistindo aos ensaios e convivendo com o pessoal, é que descobri a importância do ator. O curioso, para minha sorte, é que no casarão todos aprovavam que eu não fosse um cara do meio teatral. Minha ignorância funcionava como um refresco para a família, e servia de algum modo para ativar a percepção de um outro Aníbal, inédito ou adormecido, ou ao menos de pedaços de Aníbal que eles nunca enxergavam e que, portanto, ainda podiam seduzir — uma figura distinta do ator esmagado pelas dezenas ou centenas de papéis que ele encarnara e que andavam junto com ele no dia a dia, revezando-se na hora de levantar e dormir, na hora do café, na rua.

Para você ter uma ideia, quando a produtora me contratou, eu não sabia quem era Strindberg, Pinter ou Tennessee Williams. Já tinha ouvido falar em Pirandello e Beckett, mas apenas de forma vaga. Claro, conhecia Nelson Rodrigues, mas nada de Qorpo-Santo. Dos gregos, zero. Cheguei cru ao casarão, e me familiarizei com essa gente nem tanto pela leitura e pesquisa que vim a fazer, mas por ouvir Aníbal quase diariamente contar a história de suas peças, repetir a ladainha dos cartazes pendurados nas paredes.

Baal, por exemplo. Nessa peça de Brecht, ele precisava entoar vários cantos, e usava a voz para marcar o espaço, para aproximar e afugentar a plateia — como faz um tigre, uma fera. No cartaz, ele aparece jovem, com costeleta e barba de lobo, ao lado do sujeito que fazia Eckart. Catarina ainda era criança nessa época. Em *A dança da morte*, de Strindberg, no papel do capitão, ele adoeceu no meio da temporada. Teve que ser substituído. "Laurence Olivier imitou esse passo", ele dizia, apontando o pôster e repetindo a coreografia. No começo dos anos 1970 — a data é essa? — foi o protagonista de *O inspetor-geral*. Vestiu uniforme de general, botou insígnias do Exército. A peça foi censurada depois de um mês em cartaz. De acordo com Catarina, *Esperando Godot* e o próprio *Rei Lear* é que foram os pontos altos da carreira dele, no começo dos anos 1980. O pôster de Vladimir e Estragon, deitados sob uma árvore seca no meio da névoa, contrasta com o quintal atrás do vidro — é um dos mais bonitos.

Se você inspecionar a coleção inteira, vai ver *Antígona, Os persas, Prometeu acorrentado*. Tem ainda *Otelo*, tem *O avarento*. Eis a fileira das vaidades, como diz Catarina. Ibsen ele não fez. Mas você também vai ver Pirandello e Ionesco. Em *As cadeiras*, deram uma incrementada no bigode dele, que ficou gordo e espetado. São mais de cinquenta peças. Tem também um comercial de caneta e outro de pomada, da década de 1950. *O doente imaginário* foi a última montagem que ele fez no Rio. Você já deve ter inventariado isso, não é?

De cinema, ele falava pouco, e nada de televisão. "Não gosto de câmera. Tem olho grande" — era esse o comentário. Quanto a mim, o que me atrai mesmo são as peças menores — as perdidas, sem documentação. *A estranha obsessão de Torquato Bello*, por exemplo. *Condomínio Zero, Teorema, Cidade de sal*. Todas antigas, de autores obscuros. Descobri uma ou outra notícia sobre elas, por acaso, na papelada do acervo. Nem Catarina se lembrava. Gosto também das peças infantis. *O sofá vermelho, A rã no escuro*. E aquela sobre caracteres tipográficos, em que ele fazia o Monsieur Garamond. Já ouviu falar?

Há uma, em especial, a que eu queria ter assistido. Chama-se *O homem verossímil*. É dos anos 1970, de um dramaturgo polonês. Uma pérola. Aníbal interpretava um sujeito, Procop, obcecado pela lógica dos acontecimentos. O cara começa criticando os romances que lia. Enxerga problema em tudo, falhas na trama, nos tempos, nos pontos de vista. Empolga-se tanto que sai da ficção para analisar a vida real. Identifica lacunas entre os acontecimentos e tenta invalidá-los, por vícios de causalidade. No fim, quer provar que a realidade é absurda, um fenômeno inviável. Nas reuniões de família que presenciei, sempre havia um momento em que Aníbal se animava e recitava o monólogo de Procop, o homem verossímil.

3.

É chato confessar, mas na verdade nunca fui muito chegado a teatro. Pelo contrário. Desde pequeno, sinto certo pânico de apresentações, de me sentar na plateia e ficar aguardando, naquela parte escura que nos reservam. Alguma coisa nessa arte me faz mal, talvez o esforço deflagrado em cena, arrastado e triste em todos os aspectos, quase cruel. O corpo exposto tão cruamente, e na sua direção natural, a do precipício. É isso que me assusta. O que está em jogo no teatro, para mim, mais do que em qualquer livro ou filme, é sempre essa passagem fantasmagórica dos corpos. Me perdoe; sou fraco para encarar a morte.

Se você me pede franqueza, digo. O máximo que aguento, e que posso apreciar de forma espontânea, mesmo com ignorância, com covardia, são os pequenos dramas a céu aberto, em atos rápidos. Nos pontos de ônibus, nas filas de banco, na rua. Nada de ribalta. Sem agonia, sem marcações, sem confinamento.

Não. Passada a temporada da peça, jamais imaginei que fosse continuar no casarão. Sempre fiz coisas diferentes. Quando estive fora do país, trabalhei em pizzaria, bar, vidraçaria. Limpei casa e quebrei gelo. Abandonei a faculdade para viajar. Sem pai, sem parente ou família. Nunca me encaixei direito em nada. Quando voltei, fiz bico em loja de informática, em galeria de arte. Fiquei uns meses numa livraria, até aparecer a oportunidade com a produtora e o Cortez. Foram seis meses de ensaio. Aí veio o convite de Catarina, antes da estreia. Um susto. Não esperava de jeito nenhum. Ela estava precisando de um ajudante, queria organizar o acervo do pai. Topei na hora. Também gosto de um novo papel.

* * *

Se eu soubesse que alguém estava fazendo a biografia dele, se eu soubesse que ia ser convidado a dar este depoimento, teria prestado mais atenção aos ensaios, teria até tomado notas. Mas ainda posso colaborar com a sua pesquisa, se você tiver interesse, e desde que Catarina autorize. Você está gravando?

Dois

1.

Por exemplo. Vanda acaba de chegar do Rio, entra no escritório. Aníbal está em pé, olhando o quintal. Vira-se e diz (sem afetação):
"Salve, salve, velha rainha,
a mais venerada
entre todas de cintura fina!"
Vai até ela, beija-lhe o rosto, completa:
"Idosa mãe de Catarina."
Antes, era assim que acontecia. De repente, uma situação corriqueira se convertia na passagem de uma comédia, um drama. Aníbal aproveitava uma deixa, ele mesmo respondia, incitava, exigia. Saltava de um autor a outro, adulterava os textos, acrescentava umas peripécias. De vez em quando, um dos filhos também aderia e a coisa se prolongava. Mas Aníbal se empenhava, encarnando dois ou três personagens, até fechar a cena. No começo eu boiava — custei a perceber o jogo, as senhas, as repetições. Até Samuel, o meio mordomo, participava. Tinha decorado duas ou três frases de Brecht: "Não entendemos nada, mas

sentimos algumas coisas. Quando se entendem as histórias é porque foram mal contadas".

Uma observação. Para ficar desse jeito, tão à vontade, Samuel teve antes que superar um pequeno incidente, que o levou até a abandonar o serviço. Catarina me contou. Uma noite, depois de ter entendido mal algum pedido de Aníbal, foi repreendido pelo ator, que lhe dirigiu epítetos como "lacaio ignaro e rude", "abjeto serviçal", "moço de recados" — todos extraídos de uma tragédia de Eurípides. Samuel deu um jeito de confirmar o significado dos vocábulos, demitiu-se. O próprio Aníbal precisou ir em pessoa à casa dele, um apartamento de quarto e sala no centro, para trazê-lo de volta.

Presenciei cenas de ciúme, de afeto, presenciei ataques de nervos. Se a linguagem era coloquial, ficava ainda mais difícil decidir se Aníbal estava encenando ou não. Nas reuniões em família, nos jantares, em algum momento os convidados podiam se tornar personagens sem se dar conta. E havia sempre a hora do monólogo — a festa parava para ele atuar. Acho que esse era um dos desgostos de Vanda.

Catarina? Ela gostava de ver a diversão do velho, mas mantinha distância: "Meu amor há de pesar mais que minha língua" — repetia, aproveitando uma fala da personagem Cordélia no *Rei Lear* em cartaz.

2.

Para entender o ímpeto do ator, o modo como ele representa, acho que é preciso prestar atenção na garganta, nas cordas vocais. É apenas uma impressão minha. Não tenho base teórica para opinar. Vi nos ensaios, vi também nos espetáculos. É aí, na garganta, que está o centro das ações dele, seu coração estético, se posso usar a expressão. É a partir daí que o resto do corpo se move. Quando você tiver uma chance, repare. A coisa começa com um tremor nos lábios — uma fisgada, um tique. As veias do pescoço chegam a estufar. A vibração então se alastra — vai inervando os músculos do rosto, os membros inferiores, as mãos. É como se ele tivesse um sol na garganta. Ele corre, sorri, franze o cenho. Sempre com seu jeito elegante, com viço: em dado momento, a falha de um gesto pode denunciar o estado de sua voz. Se a garganta não está boa, a máquina toda começa a arranhar.

Em uma cena do *Rei Lear*, a da tempestade, o personagem pragueja. Aníbal agita o pescoço como se tivesse um bicho dentro dele, as palavras saem como um rugido. É assim que nele vão surgindo os personagens, com uma eletricidade que se transforma em dicção e em golpe. Não vejo intelecto nenhum pulsando. Só obsessão.

Se você perguntar a Catarina, ou mesmo a Tadeu, eles vão dizer que não é assim. Primeiro, vão dizer que Aníbal tem um funcionamento olímpico, que há uma unidade olímpica em seus movimentos (não sei por quê, ele me lembra uma bailarina). Vão dizer, e com autoridade, que Aníbal é um ator clássico, que interpreta com base na inspiração, e que esta vem da memória de suas emoções — sob o estímulo do diretor. Não sei se Cortez concorda com isso. Mas, quando observo Aníbal, não consigo captar nenhuma experiência brotando dele, nada de passado, de antigas narrativas. Só vejo o instante, epilético, sanguíneo, que desborda do corpo franzino do ator.

* * *

Nem adianta procurar. Aníbal não produziu nenhum artigo ou ensaio crítico. Fora as cartas, que são numerosas — e sempre escapando dos assuntos teatrais —, a única coisa que escreveu foram notas, apontamentos de ator. Ele não é um cara reflexivo, você sabe, muito menos um teórico. Não está preocupado em ruminar o próprio trabalho. Ele apenas atua — é isso o que faz.

Mesmo quando recebe atores novos, quando a sala se enche de iniciantes esperando ouvir dele uma palavra sábia, ele não aconselha, não decreta. De todas as vezes que presenciei visitas assim, só me lembro de uma intervenção sua. Foi num fim de tarde, quando chegaram os jovens de uma companhia de teatro amador. Uma das moças, a mais extrovertida, disse que estava encenando uma peça baseada na vida de Sylvia Plath, e que cabia a ela o papel da poeta. "Acordo Sylvia, almoço Sylvia, durmo Sylvia. Sou Sylvia Plath vinte e quatro horas por dia", ela disse, deslumbrada.

Aníbal a cortou. "Errado, menina. Você não pode ser Sylvia vinte e quatro horas. Você não é você mesma vinte e quatro horas por dia."

A moça ficou assustada.

"Distância, menina, distância", ele disse. "Um atua, o outro observa. Entende? A certa distância. Tem que ter um intervalo."

Foi aí que ele deslizou a perna, deu um pulinho, girou a cintura:

"Você quer sapatear? Busque o impulso. Mas não é uma questão de soltar *os pés*. Quem diz 'solte os pés' está errado. É uma questão de soltar *todo o resto*. Libertar-se dos pés, menina! Lançar-se a si mesma para fora. Sim! Esvaziar o abdômen! Esvaziar o sexo! Arremessar-se, ficar livre de você mesma! Os pés, esses ficam — têm que fazer seu trabalho. Os pés de quem? De quem puder dançar. A mesma coisa com a poeta. Deixe-a! Mas fique de olho nela, entendeu?"

Por mais que eu quisesse, não havia como me aproximar dele. "Intimidade" é um termo proscrito das relações com o ator. Quando eu estava no auge do trabalho com o acervo, passava umas sete horas por dia no casarão, dentro do escritório, com Catarina a meu lado. Aníbal não parava quieto — subia as escadas, voltava, ficava um tempo no quintal. Atravessava a sala assobiando, vinha para o escritório. Tocava um pouco de piano, jogava xadrez sozinho. Lia. Às vezes encostava a barriga na mesa, com as mãos para trás. Catava um recorte, examinava-o, devolvia-o à pilha. Não dava palpite em nada — parecia que aquilo não lhe dizia respeito.

Um dia Catarina precisou sair e me deixou sozinho com as caixas. Lembro-me de que brigava com uns papéis rasgados, páginas apodrecidas de revista. A moça da faxina — Vilma é o nome dela — limpava o andar de cima. Depois de um tempo, Aníbal, que tinha ido fazer uma caminhada com Samuel, voltou. Fazia um calor infernal. Ele cruzou a porta do escritório e foi direto para a poltrona. Não estava escuro, mas ele acendeu o abajur. Notei que suava — achei-o um pouco alterado. Ele então se curvou para desamarrar os sapatos.

"Você está bem?", perguntei.

Ele ficou calado, com as mãos nos cadarços.

"Você está sentindo alguma coisa?", perguntei de novo.

"Me ajude a tirar os sapatos", ele disse, arfando. Olhei em volta, só distingui o vulto de Samuel, do outro lado do vidro, no fundo do quintal.

"Vamos, o que está esperando? Me ajude a tirar essa porcaria", ele falou.

Hesitei, agachei-me. Suspendi um de seus pés, comecei a puxar o sapato. Por um instante, vi seu rosto de perto, a cara miúda e vermelha, o bigode ralo, as pupilas rápidas, vazias. Achei que era um instante de cumplicidade. Foi nessa hora que Catarina entrou.

"Você já leu Beckett?", ela perguntou, botando umas sacolas sobre a mesa.

Fiquei calado.

"Beckett", ela repetiu. "Porque é um dos personagens dele que você está fazendo — o Vladimir, de *Esperando Godot*."

Olhei para Aníbal, ele já havia tirado os sapatos. Examinava-os por dentro, sacudia-os. Levantei-me sem graça. Eu não estava preparado para aquele papel.

Três

A maior parte do acervo é de fotografias, fotografias e recortes. Textos de jornal e de revista, documentos, panfletos. E umas caixas com vídeos. Um material poeirento, que vem sendo recolhido há mais de sessenta anos. Estamos terminando de organizar, você logo vai conferir. Tem também a correspondência, não só a passiva, mas as cartas que Aníbal enviou e que Catarina conseguiu recuperar. Não me permitem tocar nos objetos. Há um número razoável de livros e coisas de uso pessoal. Por fim, tem o lote dos papéis avulsos — falas, roteiros, scripts. Aí estão incluídas as notas — as notas que ele escreveu de próprio punho no começo da carreira.

Tornar-se barata.
Como pensa uma barata?

Dispositivo: velocidade.

—————— . —————— . - . — . ——————.

Métrica.
Poema métrico da barata.

São propostas de exercício corporal. Pouco convencionais, mas acho que dá para nomeá-las assim. Ainda não temos o número exato, mas não devem passar de três ou quatro dezenas. Trouxe essas aqui para você ter uma ideia. Segundo Catarina, datam todas da década de 1960, quando Aníbal tinha trinta e poucos anos — a idade que tenho agora.

Deitar-se de bruços no chão:
abandonar o corpo.
Pesar o próprio peso, cada grama do seu peso.
Tornar-se gravidade.

O que faço é classificar os documentos. Catalogar, arquivar. Na verdade, continuo sendo assistente. Só que agora lido com papéis.

Passar o dia inteiro escrevendo frases quebra-
das, pensando frases quebra-
das, falando frases quebra-
das.
Tornar-se anacoluto.

Aníbal tinha certo método. Olhe. Escrevia sempre em tirinhas, todas do mesmo tamanho, recortadas de folhas de papel almaço. Depois as guardava em caixas de sapato.

Piscar os olhos, dobrar as pernas.
Piscar os olhos, fechar as mãos.
Piscar os olhos, puxar os braços.
Piscar o corpo inteiro: tornar-se ausência.

Deitar-se no cimento gelado com o corpo quente:
Tornar-se sol.
Deitar-se no chão quente com o corpo frio:
Tornar-se lápide.

Claro. São exercícios para sair de si, exercícios de extradição. Ou brincadeira. De acordo com Cortez, Aníbal costumava reunir colegas para praticarem juntos.

Noite estrelada:
deitar-se de costas na areia da praia.
Braços abertos, pernas abertas.
Olhos fixos no céu:
tornar-se esfera.

A linguagem das notas é única. Não dá para comparar, por exemplo, com a das cartas. Estas são solenes, protocolares. Parecem escritas por outra pessoa.

Engolir peças de xadrez — uma torre, um cavalo, um rei.
Descrever a diferença entre as peças no estômago.

Trancar-se no quarto. Fechar a janela e a cortina.
Ler a Ilíada e a Odisseia — de um só fôlego.
Perder a noção de tempo:
tornar-se aoristo.

Se fosse pela vontade de Tadeu, esses registros já teriam sido queimados. Ele os considera um lixo, alucinações que não têm nada a ver com a história do pai.

Atravessar as ruas em diagonal:
tornar-se geometria.
Ler um livro em voz alta:
tornar-se livro.
Forçar as vísceras para fora:
excentricidade.

Catarina não confirma, mas é possível que algumas dessas notas nem tenham sido escritas por Aníbal. Ele pode ter copiado de alguém, de algum livro. Você acha que isso o faria menos autor delas? Caberiam em sua biografia?

"*Hoje me sinto um leão.*"
Exercício: procurar outros leões pelas ruas.

Sair à rua.
Escolher uma direção e ir adiante: caminhar, caminhar.

Contornar os obstáculos intransponíveis, manter o rumo.
Horas, semanas, meses.
Tornar-se fronteira.

Começar a ler um romance, parar.
Começar outro, parar.
Começar outro, parar.
Tornar-se livro de contos.

Alguns apontamentos me parecem tardios. Década de 1980, de 1990. Outros, insensatos. Se você não tomar cuidado, pode criar uma imagem anacrônica do ator.

Medir o corpo com a palma da mão: tornar-se mão.
Medir com a faca: tornar-se faca.
Repetir o exercício com frutas, sapatos, livros etc.

Ouvir sua voz interior.
Substituí-la por outras vozes.

Retrato. Hoje estou com saudade dos meus pais.
Tornar-se filho: dormir com o retrato dos pais debaixo do travesseiro.
Acariciá-lo, acariciá-lo.

Pegar um livro de poemas traduzidos:
do russo, do polonês, de qualquer língua eslava.
Abrir e fechar rapidamente o livro: não ler.
De novo: fugir dos versos. Não ler.

De repente — triscar os olhos em uma palavra.
Repetir a operação aleatoriamente, algumas vezes.

Abrir o manual de zoologia.
Procurar nomes de bichos: que imitam outros bichos, que se transformam, que são misturas entre bichos.
Ler em voz alta:
Iguana iguana
Equus mulus
Ameiva ameiva
Bombyx mori.

Assentar-se no banco da praça.
Esperar o dia inteiro alguém que não vai chegar:
tornar-se escritor.

QUATRO

1.

Foi a primeira vez que vi Catarina perder o controle. Para comemorar os oitenta e cinco anos de Aníbal, os filhos haviam organizado um jantar no casarão. Vanda ajudou, mas deixou claro que pegaria o avião no dia seguinte. Netos, agregados, estavam todos lá. Ausente, claro, só Danilo. Iam celebrar também, com atraso, o fim da temporada de *Rei Lear*; mais um motivo para chamar Cortez e o resto da companhia.

A noite correu como sempre. Falou-se muito de teatro — muito cigarro, muito uísque. Papariacaram Aníbal, em clima de despedida. Antes de migrarmos para a mesa, ficamos um tempo na sala de estar, aquela que tem um janelão para o jardim da frente. O espetáculo foi acontecendo aos poucos. Henrique e Tadeu iam lembrando as performances do pai, as viagens de barco, a temporada em Nova York. Lembravam e discordavam — os relatos deles nunca são conclusivos.

Pediram a Aníbal, ele concedeu. Num tabladinho da sala, refez dois monólogos do *Rei Lear*, cada um extraído de uma de suas duas montagens. No embalo, trocou a máscara de rei pela de doente imaginário, e logo vestiu outras: de capitão, inspetor, patriarca; médico, mendigo, soldado, professor. Não sei se a memória dele dava realmente conta daquilo. Mas, tirando Catarina, que intuía os limites do pai, e Tadeu, que estudou os textos, os demais não se importavam com a precisão. Nem mesmo Cortez.

Vanda? Estava de bom humor. Ela sempre fica de bom humor em véspera de viagem. Chegou a fazer uma graça quando o marido, cercado de cadeiras, reconstituía o velho de uma comédia de Ionesco. Puxando o nariz dele, improvisou o bobo de *Lear*: "Ah, meu bem, deverias ter te tornado sábio antes de te tornares velho". A turma aprovou, Aníbal nem tanto. Por um momento, a esposa tinha lhe roubado a cena.

O jantar foi servido na sala lateral, com aquela vista da cidade, as luzinhas nos morros. Naquela mesa comprida de fazenda, que Aníbal ganhou de presente de um fã. Você já deve ter visto. Aníbal ficou na cabeceira, Vanda à esquerda, Catarina à direita. Me puseram onde seria o lugar de Danilo, perto do anfitrião. Cortez, na cabeceira oposta, fazia questão de dirigir os brindes. Ao ator-chefe, ao homem-chefe, ao rei-chefe. Bravo, bravo, merda, merda. E mais uísque.

Quando um garçom se aproximava, Aníbal estalava o dedo, sussurrava uma instrução. O cara ia lá atrás, ajustava as luzes da parede, do teto. Acho que era uma tentativa de mudar o cenário. Depois, o ator mandava chamar alguém da cozinha e reclamava dizendo que o pato estava cru e a sopa gelada. Só que o menu era filé — Aníbal não ia perder a chance de inventar uma ponta para os empregados. Diante de menções elogiosas à idade, ele se apoiava em Strindberg: "Não tenho doenças. Nunca tive, nunca terei! Morrerei de repente, como um soldado!".

Já no meio da noite, Henrique resolveu, sei lá por quê, fazer ironia com uma frase de Edmund, o filho bastardo de Gloucester, o caluniador que é o antagonista do rei Lear. O troço gerou um mal-estar danado — pelo menos entre os da família. "Esqueça o seu irmão", disse Vanda, cortando a piada. Claro que era uma referência a Danilo.

"Words, words, words..." A festa girava, essas eram as únicas palavras que me vinham à cabeça.

Lá pelas tantas, Aníbal engatou uma sequência que eu já não acompanhava mais. Erguia a taça, esperava a resposta da mesa. "Tenho uma importante mensagem, uma mensagem para vocês", dizia, com a voz rouca. As pessoas brindavam. Ele se assentava, levantava, repetia o gesto. Acho que era uma deturpação de Gógol. Lá pela terceira vez, ninguém reagiu, ele enforcava a taça na mão, o olhar fixo no nada.

Antes da sobremesa, Catarina se aproximou. Discretamente, retirou-lhe a taça das mãos — só tinha água. O ator insistiu: "Tenho uma importante mensagem... Escutem...". Além de mim, acho que só o filho de Henrique, um menino de oito ou nove anos, assistia ao minúsculo espetáculo.

"Aníbal, chega", ela disse. Tomou-o pelo braço, quase com violência. Sacudiu-lhe as orelhas com as duas mãos, como se tentasse trazê-lo de volta. Aníbal ficou em silêncio o resto da noite. A cada convidado que se despedia, apenas apontava o horizonte, dizendo que queria ver o mar.

2.

A festa de aniversário foi em setembro. Faz exatamente um mês. Se você for entrevistar Aníbal agora, não sei como ele vai se comportar. Talvez o receba como num sonho, um daqueles sonhos fluentes em que o sonhador não consegue adivinhar as próprias palavras. Mas pode também dar em nada. De uma hora para outra, o sonho falha, vocês dois murcham dentro dele — um novo sonho avança e dissolve a entrevista. É essa a impressão que tenho. Um dia desses, Clara, a filha de Tadeu que mora nos Estados Unidos, foi ao casarão para uma visita. Ao vê-la, Aníbal fez uma reverência, beijou-lhe a mão, perguntou-lhe quem era. "Sou neta de Aníbal Flôres", a moça respondeu, no mesmo tom. Ele gaguejou, balbuciou algumas sílabas sem nexo, chamou Samuel. "Mostre à condessa os jardins", disse, "e tire esse usurpador daqui" — o dedo apontava para mim. Depois, sentado na poltrona, pediu um chá. Ficava horas assim, sossegado. Às vezes chorava, às vezes gargalhava.

Já que você é biógrafo, me responda. Há uma gênese para isso? Há um momento da infância em que o menino, pensando como se fosse parte de um filme ou de uma história em quadrinhos, se agarra a uma ideia que acha luminosa, a ideia de um ator, por exemplo, e passa a viver essa ideia sem nunca mais voltar? Uma trupe mambembe se apresenta na cidade. O menino assiste à encenação da arquibancada montada no meio da praça. Os figurinos dos artistas são meio sujos, os rostos são coloridos, dá um pouco de medo. No meio da peça, o sequestro já ocorreu. O garoto, que tem quatro ou cinco anos, não resiste: torna-se personagem, deseja um autor. Vai passar a vida inteira trocando de autor. Você acha que pode contar assim a história de Aníbal?

Se você chegar de surpresa ao casarão, pode flagrá-lo se exercitando. Ele agora deu para isso. Está pondo em prática os exercícios prescritos nas notas, as notas que ele escreveu. "Olhem bem para meus olhos, hoje acordei cavalo", vai dizer. Já o vi encostado à parede, testando a métrica dos pés. Deitado no chão da cozinha, tornando-se faca, tornando-se mão. Já o vi sair do escritório, o olhar nulo, vidrado, com a *Odisseia* ainda na mão.

Outro dia, o funcionário da farmácia veio procurar Vanda. Aníbal havia irrompido no estabelecimento às seis da manhã, fazendo perguntas estranhas. "Há leões por aqui?" Eu próprio fui resgatá-lo uma tarde: o telefone tocou, um amigo o reconhecera no centro, parado em frente à Galeria Ouvidor, quase arrastado pelos pedestres. Não conseguimos descobrir qual era de fato o exercício. Mais. Uma noite dessas, ao prepará-lo para dormir, Samuel encontrou debaixo do travesseiro uma fotografia dos pais de Aníbal, sentados num banco de praça. "Nós estamos com saudade dos nossos pais", ele disse, e meteu a foto de volta sob o travesseiro.

Catarina vem tentando vigiar os movimentos dele. Não dá moleza. Às vezes a vejo amuada, acho que voltou a fumar. Aníbal anda redescobrindo as máscaras de sua coleção (já falei dela?): um sátiro, um arlequim — e circula com elas pela casa. Mantém o hábito de desfilar diante dos cartazes para os visitantes. Nos almoços, só se solta na hora dos monólogos. Aí ninguém diz que ele mudou: sua forma é plena.

Quando vejo Aníbal andando de um lado para o outro do casarão, é como se ele estivesse fora dali, em outro lugar. Vai para o tablado no fundo da sala e se posiciona. Calça os sapatos de salto, executa sua dança. Desliza, golpeia o chão. Arremessa o tronco para a frente, como se quisesse expulsá-lo, mergulhar em um precipício. Um dia queixou-se de frio. "Assistente!", gritou. "O fraque." Embora esse papel agora seja só de Samuel, busquei o casaco e ajudei-o a se vestir. Ele esticou o braço, fez o gesto de um mágico com a varinha na mão. Era a cena de uma peça em que ele rodopia, e a cada toque da varinha faz evaporar coisas a sua volta. Pássaros, postes, latas de lixo.

Cinco

Meu tempo no casarão, você sabe, está terminando. Até o começo do ano que vem, teremos organizado o acervo inteiro. Catarina me dispensou de ir todos os dias — agora são só duas vezes por semana. Confio na sorte, nunca me faltou trabalho. Mas hoje, admito, ando um pouco preocupado. O que vou fazer depois? A produtora fechou, Cortez não tem nada para mim. Desculpe a cara de pau, mas, se você estiver precisando de um assistente, alguém para te ajudar na sua pesquisa, adoraria assumir essa função.

Já falei bastante, e deveria encerrar por aqui. Mas preciso te contar uma última coisa, um fato inesperado que ocorreu há poucos dias, algo que pode te interessar. Recebi pelo correio uma carta de Aníbal. Uma carta manuscrita, bem parecida com as antigas cartas dele.

O texto é curto. Leio para você.

Meu caro assistente,
Sei que uma missiva como esta pode soar estranha e intempestiva, mas não encontrei meio mais confortável e seguro de dirigir-me a você. Gostaria, primeiro, de agradecer a boa vontade e o compromisso com que nos últimos tempos você tem colaborado para salvar a memória deste ator. Se o presente não for justo, ao menos a história o recompensará. O motivo que me compele a escrever-lhe é, porém, nada feliz, e só o faço pela certeza de poder contar com seu auxílio. Não farei rodeios. O fato, meu caro assistente, é que estou sendo ameaçado. Há cerca de uma semana recebi uma intimação judicial para prestar conta de meus atos. Duvidam da minha integridade, duvidam da minha realidade. Acusam-me de falsário, de enganador; acusam-me de não saber gerir meus negócios, de não poder representar-me em meus próprios atos. Haverá ofensa pior para um homem como eu? Você, meu jovem, tem acompanhado tudo o que se passa no interior de minha casa. O que lhe peço é simples: um testemunho em meu favor, em favor da verdade. Sem os laços de sangue, poderá relatar com liberdade e isenção o que vê. Por suas qualidades, sei que não haverá de faltar-me.
Receba desde já meu agradecimento e meu abraço.

Aníbal Flôres

A primeira coisa que me veio à cabeça, claro, é que ele estaria me pregando uma peça. O texto faz sentido, sim, mas, sendo de Aníbal, nunca dá para menosprezar a chance de um ardil, uma farsa. Revi o currículo do ator, tentando descobrir uma pista, um ato teatral que lhe servisse de inspiração. Apesar dos clichês, esse estilo meio arcaico, meio indignado, poderia ter algo de Lear, de Gloucester, você concorda? Acho que é só o tom. Pesquisei cenas com cartas forjadas, pensei em algum roteiro com suicídio, mas isso não combina com Aníbal. Sem dizer do que se tratava, consultei o Cortez. Ele não soube apontar nenhum drama parecido.

Ontem abri o jogo com Catarina. E foi ela quem confirmou o pano de fundo do episódio. Sim, a questão envolve Danilo, o filho mais novo de Aníbal. Como te falei, ele vem há alguns anos brigando na Justiça contra os irmãos. Só que agora o alvo é o pai. O rapaz está pedindo a anulação de uma série de atos de Aníbal. Alega a incapacidade do velho, sua insanidade. Alega má-fé dos irmãos que acompanham suas transações. Danilo pretende interditá-lo, sacá-lo de vez da vida real. Semana passada, o ator recebeu a intimação do oficial.

A situação agora é essa. Imagine que vou depor perante um juiz. Imagine que vou relatar o que sei sobre Aníbal — vou escolher uma história para ele. Meu testemunho pode definir o rumo de sua vida. Mais que isso: pode definir também seu passado. Eis o epílogo que temos. Você é o biógrafo do ator, mas quem dirige essa peça sou eu.

O método de Balzac

Desde que descobriu Balzac, não parou de revirar sua biografia. A identificação com o escritor, com a história de suas dívidas, alterou-lhe de certa maneira o humor, o modo de encarar os próprios fracassos. Sente-se orgulhoso da afinidade com um grande nome da literatura universal. Hector Passos tem quarenta e um anos, é o escrevente mais antigo do meu tabelionato. Desde que sua primeira tentativa de montar um negócio fracassou, quando tinha cerca de vinte anos, vem construindo lentamente uma dívida — que não dá sinais de acabar. Desperdiçou a pequena herança do pai, comprometeu as finanças do melhor amigo. Metade do seu salário vai direto para os bancos. Conta com a ajuda dos outros escreventes para driblar os agiotas. Quando lhe pergunto sobre a situação, ele cita uma frase de Balzac, diz que está em boa companhia.

Hector Passos não é leitor de romances, mal se interessa por literatura. Mas conhece gramática como poucos (todas as notas de rodapé) e tem memória enciclopédica. É ele quem toca no assunto, depois de baixarmos as portas, enquanto adianta umas escrituras. "Vocês não compreendem o mecanismo da minha miséria", repete, sem levantar a cabeça dos papéis — ele nunca erra um registro. A frase, depois ficamos sabendo, aparece em uma das cartas que Balzac escreveu à condessa Eveline Hanska, sua última mulher e maior correspondente. Hector, que faliu algumas vezes, gosta de comparar seus empreendimentos aos do escritor francês, e vê entre eles uma relação de complementaridade. "Em menos de três anos", nos diz, "Balzac enterrou uma editora, uma tipografia e uma casa de fundição de caracteres. Eu perdi uma papelaria e um sebo. Entre os escribas é assim; somos todos solitários, mas um continua o tempo do outro." Os colegas o ouvem, não retrucam. Hector olha pela janela ao lado da mesa, medindo a possibilidade de chuva.

De vez em quando, Hector cisma com um personagem, passa semanas investigando-o. Chegou a fazer uma lista dos endividados da *Comédia humana*. Menciona sempre Maxime de Trailles, o impostor, o almofadinha, o eterno devedor, que sumiu de Paris para evitar a prisão — "tal como Balzac", ele diz, "que, na sua casa da Rue Raynouard, a única das suas residências ainda de pé, usava uma passagem secreta para escapar dos credores...". A rota de fuga de Balzac, um beco chamado Berton, desemboca, eu mesmo quis conferir, na Avenue Marcel Proust. "Não é mesmo uma ironia, tabelião?", pergunta Hector, feliz com a minha pesquisa. "Que satisfação para Balzac achar uma saída dessas, abastada como Proust... Balzac empurrava a vida para a frente; Proust queria reaver o passado. Eles tinham mesmo que se encontrar em alguma esquina."

O escrevente Hector Passos caminha pelas ruas em dias de chuva, só em dias de chuva, e explica que assim se sente limpo, que essa é uma maneira estimulante de pensar. Atribui suas ideias, suas melhores ideias, ao contato natural com a água. Há algum tempo, começou a disseminar uma teoria. Afirma que a vida de Balzac deveria ser dividida em duas grandes fases, não do ponto de vista literário, mas do de sua relação com a dívida. Assim, até os vinte e seis anos, Balzac escrevia para saldar despesas e preparar o futuro. Nesse ponto, parece que há acordo entre os biógrafos. Essa seria a primeira fase, a fase anônima, apócrifa, dos escritos renegados pelo próprio Balzac, na qual ele produziu um tanto de romances fajutos, um lixo para ganhar dinheiro rápido. Balzac tinha esperanças de que essas porcarias (como ele mesmo as chama) pudessem lhe trazer a independência financeira — esse era o seu plano. Mas o que ocorre é exatamente o contrário. Balzac se mete no mundo editorial. Para bancar os negócios, faz empréstimos que não consegue pagar. A partir daí, a dívida se instala e não cessa (é na tipografia do escritor que se imprime um pequeno tratado, de autoria duvidosa, talvez do próprio Balzac, intitulado *A arte de pagar suas dívidas e de satisfazer seus credores sem desembolsar um tostão*). Começa então a segunda fase, a melhor, a estupenda, que fez o nome de Balzac ficar para a história e afirmou o seu método. É o momento em que Balzac publica *Le Dernier chouan*, seu primeiro romance assinado. A ascensão da dívida coincide com o surgimento do escritor.

O fato (não assinalado pelos biógrafos) é que Balzac não precisava ter dinheiro para fazer uma grande obra; precisava devê-lo. Ao longo dos anos, houve várias chances de quitar a dívida, mas ele prefere o desperdício, o luxo, a extravagância (tem obsessão por antiguidades, tapetes, móveis, objetos de arte). Na sua correspondência, conta Hector, o escritor sempre reitera que, no futuro, em um futuro que nunca chega, vai liquidar suas dívidas. Está sempre prestes a pôr um ponto final na história, mas nunca o faz. Balzac prolonga a dívida como prolonga sua obra — ambas têm a pretensão de ser infinitas. A verdade (ignorada pelos biógrafos) é que Balzac *fazia dívidas para escrever*. Dever era o seu combustível, a fonte de seu ânimo, de sua resistência. A grande conquista de Balzac não foi, pois, a independência financeira, foi a própria dívida. Essa inversão permitiu-lhe escrever a *Comédia humana* e explica sua prodigalidade. De acordo com Hector, não se trata de acaso, mas sim de uma estratégia deliberada de Balzac para constituir a sua obra — um *método deliberado*, ele diz, contundente. "A mulher que antes de todos reconhece o seu talento, Laure de Berny, é a mesma que lhe faz o primeiro empréstimo. A última, Eveline, não o salva das dívidas senão após a morte do autor. Ainda que não o entendessem, ambas favoreceram o mecanismo de Balzac. Se Balzac tivesse um dia quitado suas dívidas, jamais voltaria a escrever."

Hector Passos, acossado pelos credores, vem perdendo os últimos amigos. "Já passei dos quarenta, ninguém me perdoa mais", ele diz. Depois de muita investigação, tem se empenhado em usar o método de Balzac a seu favor. Caminha na chuva para pensar. Crê que pode se redimir pela escrita, que a chave para sair do atoleiro está na escrita (alguém lhe falou de outros escritores endividados, Dostoiévski, Poe, Baudelaire, mas ele não quer trair o mestre). O escrevente Hector Passos não tem vocação literária; sua memória saturada é incompetente para narrar. Pensando no otimismo do escritor francês, na sua habilidade de manter os acontecimentos em suspenso, vem desenvolvendo uma fórmula própria de negociação. Começou a escrever cartas, cartas para os seus credores. Afinal, um pouco disso o cartório lhe ensinou. Antecipando-se às cobranças, redige "cartas de ajuste", como as denominou. São cartas cuidadosas, variadas, destinadas a adiar, surpreender, confundir. Cartas laboriosas, anacrônicas, absurdas, algumas manuscritas, que ele sela e manda pelos correios. "A carta é o gênero inacabado por excelência", afirma, "está sempre sujeita a uma resposta." A técnica, Hector confessa, orgulhoso, tem rendido adiamentos e até perdões (mas os perdões lhe interessam menos). Vagaroso, aperfeiçoa seu repertório epistolar. Talvez um dia publique o conjunto da obra (essa ideia é minha). Enquanto isso, segue andando na chuva, à cata de novos protocolos e evasivas, e assim mantém sua dívida inabalável, constante.

A história secreta dos mongóis

1.

"O verdadeiro problema dos mapas", ele disse, "não é de escala ou de projeção; também não é de fidelidade ao território. O verdadeiro problema dos mapas é não conseguirem acompanhar a ação do tempo."

Essa conversa começou, me lembro bem, numa daquelas tardes em que fui fotografar na Nanquim, quando estava fazendo o ensaio sobre imigrantes chineses em São Paulo. Era o início de 2012, ano do bicentenário da imigração. Devo ter encontrado Serhat ali umas três ou quatro vezes. Ele ficava o tempo todo assentado em uma mesa no fundo da loja, com o abajur aceso e lupa na mão, examinando os mapas que Lao lhe trazia. A simpatia foi mútua, e logo fizemos amizade. Apesar de turco, Serhat fala um português excelente; acho que chegou a morar alguns anos em Salvador e no Rio.

"Estou falando do mapa perfeito", ele continuou. "Sempre tivemos fascínio pelos mapas perfeitos, não é? Há quem tenha dedicado boa parte da vida à tentativa de criá-los. No século XVII, por exemplo, sei de um padre jesuíta, matemático e professor de Descartes, que ficou conhecido por idealizar reinos em miniatura, com mares e rios esculpidos no chão. Lewis Carroll, em uma de suas fábulas, imaginou antes de outros o mapa do tamanho do mundo — o mapa que cobriria todo o território, coincidindo com ele. Hoje, qualquer um pode se meter a cartógrafo; basta usar um programa de computador. Ninguém mais fala em unicórnios e bestas, só em atlas tridimensionais. Mas a ciência ainda não venceu sua maior dificuldade, não mudou o destino dos mapas. Eles continuam se deteriorando, tornando-se farrapos, à mercê dos cães. Papel, pele de animal, pedra, telas. Não importa. No fim, o tempo sempre devora o espaço."

2.

A Nanquim é uma livraria pouco conhecida, mas requintada. É frequentada quase só por bibliófilos e colecionadores, mas sobrevive há mais de trinta anos. Lá importam livros chineses, japoneses; comercializam mapas e manuscritos antigos, gravuras, cartas. Lao, o proprietário, vem de uma cidade do sul da China. Desembarcou no Brasil em 1977, depois de estudar na Inglaterra. Entre os que fotografei, é dos poucos que não caíram no ramo de lanchonetes ou no comércio de bugigangas. Casou-se com uma mulher de Pequim, teve três filhos brasileiros. Dava aulas de mandarim em escolas particulares, até descobrir que podia ficar rico vendendo antiguidades.

Não foi fácil ganhar a confiança deles, é claro. Foi só depois de muitos mal-entendidos, e isso aconteceu com quase todas as famílias de chineses que contatei, que consegui convencer Lao a permitir o ensaio dentro da Nanquim. Já tinha fotografado outras famílias na Liberdade, a maioria trabalhadores sem muitos recursos. Lao é diferente; é um homem instruído. Na livraria, eu tentava me manter discreto, em silêncio. Muita paciência, aquele cheiro de madeira e jasmim no ar, passava a tarde esperando uma chance — o momento em que Lao iria se distrair, e a China, a China inteira, invadiria por um instante o seu rosto. De vez em quando, ele e a mulher se metiam entre as estantes, tiravam um livro, sentavam-se nos banquinhos. Ficavam ali conversando em mandarim, rindo, sem responder a ninguém — e era como se uma cápsula os isolasse do mundo.

3.

Há na Nanquim um depósito com vários mapas antigos, trazidos por Lao de suas viagens ao Oriente e à Europa. Ele abria os rolos sobre a mesa, Serhat os examinava um a um. Juntos, os dois classificavam peças, discutiam, avaliavam a origem e a autenticidade, o preço. Serhat está acostumado a viajar — roda o mundo atrás de cartas raras, que abastecem seu antiquário em Istambul. Daquela vez, ele me disse, vinha rastreando um mapa mongol antigo, possivelmente do século XVIII, um mapa que seria a cópia de outro ainda mais antigo, do século XIII — da época de Gêngis Khan. "Só de ser mongol, já é incomum", falava. Já tinha vasculhado em Praga, na Cracóvia, em Linköping, na Suécia. Havia uma chance de a peça ter vindo parar no Brasil, uma chance remota, mas ele não podia deixar de conferir.

Lembro que um dia, depois de vários chás, mostrei a Serhat uma bateria de fotos que eu tinha feito na livraria. Ele olhou, olhou de novo com cuidado, não fez nenhum comentário. Apenas apontou um detalhe, algo que se repetia em várias delas, e que não me chamara a atenção. Um velho mapa asiático, emoldurado na parede, atrás do balcão, aparecia em quase todas as imagens — castanho, encardido, com a China imensa no centro do orbe.

4.

Concluído o ensaio, continuei frequentando a Nanquim, mas não supunha que fosse ver Serhat novamente. Ele já tinha voltado para Istambul. Em 2013, recebi convites para outros trabalhos. Fiz um ensaio sobre velhos centenários, outro sobre casas em ruínas. Tirei algumas fotos vagabundas para jornal. Uma revista alemã me encomendou uma trilogia difícil, que me custou muita paciência. Era sobre rostos anônimos: grupos de pessoas desconhecidas entre si que deveriam aparentar um traço comum. O melhor convite, porém, veio no semestre passado. Uma amiga, dona de uma pequena editora, me propôs um estudo sobre fronteiras: descobri-las, fotografá-las. Não as oficiais, as que dividem os países, mas as invisíveis, aquelas que estão de algum modo escondidas ou desmoronaram. Foi esse trabalho que me levou a reencontrar Serhat.

5.

O antiquário de Serhat em Istambul fica em uma ruela íngreme nas vizinhanças da İstiklal, uma das vias mais movimentadas de Beyoğlu, no norte ocidental da cidade. Muitos sebos e construções decrépitas, fios de luz atravessados, roupas pendendo das janelas. Você vai dobrando os becos até chegar ao casarão do século XIX, de três andares, bem na encosta do terreno — por pouco seria uma torre.

Empurrei a porta, dei de cara com Serhat atendendo um casal de americanos. Foi a única vez que o vi em ação: rápido, minucioso, divertido, até o cliente sair de olhos vidrados, levando alguma peça debaixo do braço.

Ele me recebeu com alegria, mas sem surpresa. Mostrou-me sua casa, contou um pouco a história do negócio. Depois subimos para um chá. Era um escritório estupendo, repleto de livros, tapetes, porcelanas. Uma janela larga se abria para o leste: de uma ponta a outra, esfumaçado e gordo, o Bósforo, e, além dele, o Oriente.

Eu tinha passado por vários lugares antes de estar ali. Em Buenos Aires, por exemplo, caminhei do centro à periferia, em linha reta, querendo ver onde terminava a parte urbana, onde começava a rural (sempre duvidei dos limites dessa cidade). Na Europa, fotografei a Galícia, as redondezas de Estrasburgo, a parte francesa do país basco. Há sempre uma fronteira que não está no território, que surge de forma casual: uma tempestade, uma árvore, um animal. Era isso o que eu tentava achar, é isso o que até hoje busco. Em Lisboa, rastreei as marcas da cidadela moura. Em Berlim, visitei moradores à sombra do muro, onde ele não existe mais. Já em Istambul, qualquer esquina pode ser um limite oculto; basta prestar atenção.

Essas coisas eu ia contando para Serhat — que escutava com interesse. Quando mencionei certa região da Dinamarca, ele me interrompeu. Foi até um armário, voltou com uma pasta larga de papelão.

"Não localizei em São Paulo", ele disse, "mas sim em Copenhague." E abriu a coisa em cima da mesa.

Estava ali um mapa medindo cerca de um metro por um e pouco, desenhado à tinta. Sujo, áspero, com as cores conservadas. Era, sim, um mapa mongol do começo do século XVIII. E, como ele tinha previsto, reproduzia um original do século XIII. Teria sido feito por um copista letrado, chinês ou russo, sob as ordens de algum soberano mongol devotado às artes. No verso, uma nota dava detalhes de como tinha sido copiado, e descrevia assim a fonte: "Mapa dos territórios presentes e futuros do primeiro imperador, Gêngis Khan. Preparado pelo secretário príncipe Yelü Wen Zheng [Yelü Chucai], por determinação de sua majestade". A data do original — 1226, um ano antes do desaparecimento de Gêngis — foi inferida por Serhat.

Acho que, na verdade, Serhat não esperava topar com uma relíquia dessas. Um desconhecido lhe telefona de Copenhague, querendo uma avaliação. Não era colecionador — havia achado a peça na biblioteca que fora do avô. Envia-lhe por e-mail uma fotografia. No começo, Serhat considera que é a cópia de algum mapa chinês, certamente de valor, mas não tão raro como um mongol legítimo. Examina o que pode (o material fotográfico não ajuda), começa a pesquisar. Pesquisa bastante, enfronha-se na história mongol, nos estudos de sua parca cartografia. Aos poucos se dá conta de que está diante de um achado. Telefona de volta para o sujeito, quer dar-lhe o parecer, mas o mapa já não está mais com ele.

Se não fosse a obsessão de Serhat, eu acho, esse provavelmente seria apenas mais um documento perdido, um dos tantos papéis mongóis que os estudiosos desejam, por um golpe de sorte, encontrar. Após deixar São Paulo, ele vai a São Petersburgo, passa por Budapeste. Volta a Linköping, onde já tinha feito uma busca (foi nessa cidade que August Strindberg, o escritor, descobriu, em 1878, mofando em uma biblioteca, cópias dos dois mais antigos mapas mongóis conhecidos). Só então, depois de várias investidas fracassadas, se dá conta da armadilha em que tinha caído. Volta a Copenhague, onde a caçada começara, e lá finalmente identifica a peça, nas mãos de um estudante de música — que não entendia nada de cartografia. O homem que lhe telefonara de início não passava de um farsante — havia visto o mapa com o estudante, fotografou-o e resolveu consultar um especialista. Vendo que a coisa era valiosa, deu a Serhat uma pista falsa, tentando tirá-lo do caminho.

6.

Ao contrário dos mapas que eu me acostumara a ver na Nanquim, a China não estava no centro daquele — se é que ele tem um centro. Da Coreia aos arredores de Budapeste, do golfo da Finlândia à península de Leizhou, o mapa mostra trilhas, cordilheiras e desertos, pontes e dunas, montanhas sagradas, ruínas. Poucas são as muralhas, os castelos, as cidades. Vi (e fotografei) pequenas marcas para nuvens de poeira e cavalos, além de camelos selvagens. Talvez se possa achar aí alguma influência budista, mas isso não consigo dizer. O mar Cáspio é azul, assim como o Negro. As estepes são vermelhas, e vão se dissipando entre o preto e o branco. O desenho é orientado para o Sul, onde aparece um dragão. Vi outros bichos gravados (um rato, um macaco, um tigre), cada um para um ponto cardeal. As notações, todas em mongol, aparecem em várias direções, partindo dos limites do Império para as bordas do papel, como um cata-vento.

"É um mapa nômade", Serhat fazia questão de repetir. "Não é como os outros, impregnados da técnica e da burocracia chinesas. Este mostra a tradição das estepes, de tempos anteriores à época em que o original foi desenhado."

De fato, mesmo um leigo podia perceber. Havia ali detalhes — certos recantos, certos atalhos — que só um olhar próximo e minucioso, carregado de afeto, de quem viveu como nômade, poderia ter registrado. "Quando a estética é nômade, o mapa é móvel", me disse Serhat, tentando resumir a lógica dessa cartografia.

7.

Não tenho o hábito de fumar, mas naquela tarde em Istambul não resisti à oferta de um charuto. Serhat falava comigo em português, mas também soltava palavras em inglês, em turco, até em mongol. Às vezes me sentia um pouco perdido. À medida que o sol baixava, a Ásia na janela ia mudando de cor. De onde eu estava, podia fotografar vários continentes: um para cada hora do dia, sem sair do lugar.

"Se você examinar com cuidado", disse Serhat, deslizando o dedo sobre o papel, "vai dizer que há um erro histórico nesses limites, um anacronismo. Olhe. O Império Mongol está representado aqui em sua máxima extensão" — ele apontou um pedaço no extremo sul da China, envolvido pela tinta preta da fronteira. "Acontece, meu amigo, que esses limites só foram atingidos na época de Kublai Khan — meio século após a morte de Gêngis Khan, meio século *depois* que o mapa original foi desenhado."

Tentei eu mesmo deduzir uma explicação. O cartógrafo do século XVIII, ao copiar o mapa de 1226, teria ampliado por sua própria conta as margens do império, ajustando-as aos domínios que ele atingiu em seu auge.

"Sei que parece sensato o seu raciocínio. Mas não foi isso que aconteceu", disse Serhat, convicto. "O mapa de Gêngis foi, desde a origem, concebido assim: amplo, completo. Um mapa *do presente e do futuro*. Para mim, não há dúvida. Trata-se de uma visão antecipada do mundo a ser conquistado, uma projeção da ideia de grandeza do Khan."

Ele apagava o charuto, acendia de novo. O escritório ia sendo tomado de fumaça.

"É preciso entender", ele continuou. "Para Gêngis Khan, os mapas não eram apenas uma forma de conhecimento ou orientação. Eram uma forma de manter a integridade do território. Na sua megalomania, Gêngis Khan concebeu um plano, um plano pouco conhecido e estranho: construir um *reino cartográfico* e reinar também sobre ele."

Não se trata de um gesto simbólico — Serhat fez questão de frisar. Não. Gêngis tinha a pretensão de urdir *concretamente* um mapa perfeito.

"Para evitar que o império se dizimasse", ele continuou, "Gêngis Khan imaginou um mapa que o duplicasse em toda a sua grandeza. Deveria ser uma reprodução integral e fiel do território, de tal modo que, se este se despedaçasse, ele reinaria sobre a cópia. No projeto do Khan, essa duplicata de mundo deveria ser indestrutível, imune à guerra e aos tempos, às doenças e ao clima; deveria ser capaz de sobreviver ao próprio território e tomar seu lugar como o império verdadeiro — quem sabe até superá-lo."

A ideia, evidentemente, soava absurda. Imaginei que estaria no registro dos sonhos, comum a tantos imperadores divinos. Serhat, porém, mostrava evidências históricas. Em uma das crônicas de Rashid Al-din, por exemplo, haveria menção expressa, apesar de confusa, a um monumento cartográfico. No livro de Marco Polo também. Yelü Chucai, artífice do mapa de 1226, ministro e conselheiro de Gêngis Khan, teria deixado pistas mais valiosas. Homem erudito, de uma família de tradutores e filósofos, era ele quem colhia as informações geográficas dos domínios anexados. Seguiu Gêngis Khan em uma longa viagem ao Ocidente, publicou um livro de registros sobre a campanha. Era também poeta, calígrafo e astrólogo — admirado por sua sensibilidade para decifrar sinais. Quando morreu, sua casa foi saqueada por ladrões atrás de fortunas; descobriram apenas mapas e manuscritos. Um desses manuscritos, segundo Serhat, tratava em detalhes do projeto cartográfico do Khan. Nenhuma das fontes, entretanto — se é que entendi bem —, esclarecia *como* o projeto seria executado.

8.

Na busca pelo mapa perfeito, os cartógrafos parecem sempre preocupados com a correspondência exata, com a completude, a exaustão. Penso em Lewis Carroll e no possível plano de Gêngis Khan, penso nos mapas digitais, nos exemplos do próprio Serhat. Penso também em Jorge Luis Borges, que ele não citou, mas que era interessado em cartas imperiais. Por outro lado, quando me volto para o meu trabalho, quando penso nas fotos que tiro, a perfeição, ou a ideia de perfeição, me parece incidental — acontece no detalhe. O mapa tem pretensões divinas, a fotografia é sempre demoníaca.

Se eu fosse um geógrafo, um fazedor de mapas, se, em vez deste relato, os editores da revista tivessem me solicitado a proposta de um mapa perfeito, acho que não utilizaria rascunho nem modelo, acho que faria um mapa sem fontes. Começaria do nada, de uma folha em branco, e esse seria o grau zero do meu mapa perfeito. Meu mapa perfeito vai se desenhando aos poucos, e é infinito. Uma cidade infinita e ausente. Para entrar nesse mapa, para inscrever-se nele, um lugar teria, antes, de deixar de existir: destruído ou morto. A casa demolida, o poste tombado, o pântano aterrado. Esquinas, ruas, parques. Tudo o que desaparecesse, e que fosse irrecuperável. Hoje, a cada vez que dou um clique na minha máquina, penso nisso, penso nesse mapa negativo, em um atlas negativo — de tudo o que acabou. Talvez seja essa uma forma de dominar o tempo: o mapa perfeito é o mapa do que não há mais.

9.

Ao longo do século XIV, sabe-se, o Império Mongol se esfacelou — os chineses chegaram a fazer um belo mapa-múndi, com a China no centro, só para celebrar a queda. De acordo com Serhat, o plano de Gêngis Khan foi esquecido; comentaristas e historiadores passariam a tratá-lo como delírio xamânico, como metáfora de um império impossível.
"Esse é o problema dos intérpretes", diz Serhat, "tendem a ver metáfora em tudo. Consideram que, se Gêngis Khan queria uma carta para governar sobre ela, essa carta se sustentaria apenas como um fantasma na memória dos inimigos, uma figuração do poderio mongol que um dia foi real. Para mim, essa é uma versão rasa da história. Não creio que ela termine aí."

O sol ia baixando, trocamos o chá pelo *raki*. Chegando à janela, dava para escutar o almuadem gritando a oração. Serhat desceu as escadas, revirou alguma coisa no andar de baixo, voltou com outro mapa.
"Examine este você mesmo", disse.
Era um mapa-múndi do século XXI. Composto em gráfica, em papel vegetal. Os países desenhados por computador, com alto grau de precisão. No continente asiático, uma linha vermelha demarcava sobre as fronteiras modernas o que teria sido o antigo Império Mongol.
"Não é exatamente o que você está pensando", Serhat disse. "Venha ver."

Voltamos à mesa onde estava aberto o mapa mongol. Cuidadosamente, ele deitou sobre a carta antiga o mapa novo, que tinha sido feito sob medida — as escalas eram equivalentes. Através do papel vegetal, via-se que o contorno do Império no mapa de cima (a linha vermelha) coincidia exatamente com o do de baixo (o traço manuscrito em tinta preta). As fronteiras eram *as mesmas*, recortavam o mesmo território.

"Esse mapa não é propriamente geográfico", disse Serhat, referindo-se à carta moderna. "Não foi feito para confrontar as velhas fronteiras mongóis com os Estados modernos. Trata-se, na verdade, de um mapa *genético*, montado por acadêmicos interessados em hereditariedade, não em impérios."

Serhat se referia a uma pesquisa conhecida. Tinha sido divulgada na imprensa, na internet. Há cerca de uma década, um grupo de cientistas havia rastreado pela Ásia e pela Europa certa linhagem de homens com um mesmo padrão cromossômico, descendentes de um ancestral comum. O mapa procurava mostrar o limite territorial ocupado por esses indivíduos.

"Gêngis", continuou Serhat, "teve mulheres por todos os lugares onde passou, distribuiu seu sêmen por toda a Ásia. Transmitiu sua marca a filhos e netos, e adiante, de geração a geração. Esses indivíduos se espalharam pelo continente; desenharam uma imensa fronteira humana, levando no sangue a assinatura do progenitor. A conclusão da pesquisa é algo que eu já intuía. Calculadas as gerações, todos descendiam de um mesmo homem — Gêngis Khan."

A essa altura, eu já cortava um novo charuto, tomava outro *raki*.

"Gostaria de ler a passagem de um livro para você", falou Serhat.

Foi até a estante, retirou um volume grosso, de capa preta e vermelha. Era *A história secreta dos mongóis*, o épico escrito logo após a morte de Gêngis Khan para narrar sua vida, e que permaneceu por mais de um século indecifrado.

"Essa é a tradução para o húngaro, de 1962 — na minha opinião, a mais exata, a mais poética de todas", ele disse. "Vamos ao parágrafo 255. Aqui Gêngis fala para os seus filhos. Em nenhuma outra língua encontrei expressões mais adequadas."

Ele leu, primeiro em húngaro, depois em português:

A Terra mãe é vasta, os rios e os cursos d'água são numerosos. Ampliarei os domínios que possam ser divididos, e dividirei vocês — eu os levarei às Portas das terras estrangeiras.

"Aqui você tem a chave dessa história", ele disse. "Antes que Gêngis morresse, seu plano já estava sendo executado, secretamente. O império se esgarçou, outras nações vieram. Mas o mapa continuou a ser traçado. Quase mil anos depois da extinção do Império, esse mapa permanece e substitui o primeiro, como anteviu Gêngis. Preste atenção. Agora, *neste exato momento*, estão todos sobre a terra; o império foi duplicado. Um mapa real, *vivo* e *móvel*, no qual o sangue não é uma metáfora — é o reino cartográfico de Gêngis Khan. O mapa de 1226, o mapa cuja cópia está na nossa frente, apenas o anunciava."

10.

A costa do Irã, o norte da Índia e de Bangladesh. Mianmar, Laos, Vietnã. Um corte horizontal por toda a Rússia. A correspondência era de fato extraordinária, quase milimétrica.

"Exceto por um detalhe", disse Serhat, me chamando a atenção para uma falha — uma ligeira discrepância que eu não tinha sido capaz de perceber. Reexaminei as duas cartas, dessa vez com a lupa. No mapa antigo — registrei — o Império Mongol cobre metade do que hoje é a Turquia, mas não abarca Constantinopla. Ameaça a cidade à distância, mas não a toma. No mapa genético, porém, a linha é mais larga e avança do Leste para o Oeste, acercando-se de Istambul, superando os limites do mapa geográfico.

Serhat acendeu de novo o charuto, debruçou-se na janela, fui com ele olhar a vista. Posicionei a câmera, um pouco zonzo do fumo e da bebida. Ainda havia um resto de luz.

"O Oriente. Contemplo essa paisagem todos os dias", ele disse. "Eles estão ali — a cem, duzentos quilômetros de nós. Contemplo e aguardo o instante. Alguma coisa vai se mexer do lado de lá, a fronteira vai surgir da Ásia e tocar o Bósforo. Vivo, o mapa continua a se mover."

Aprendizado do jogo

"Preste atenção", Edgar me diz, tentando sintonizar a estação." A voz do locutor aparece, fica no ar alguns segundos. O carro entra pelos morros, a voz se perde outra vez. "Você não precisa ouvir o placar, Pedro. Pode deduzi-lo pelos sinais."
A estrada sobe e desce em linha reta, abrindo uma série de gargantas nas rochas. É uma região desconhecida para mim. De vez em quando, a vinheta da rádio dispara, ecoa no descampado. As vacas levantam a cabeça, ruminando, olham o carro passar.
"O Max não mudou muito", ele diz. "Está mais cansado, claro, mas a euforia é a mesma. Não perdeu a arrancada na voz. Nos tempos da Kombi ele já era assim, há quarenta anos. Eu ia de especial para a escola, o rádio estava sempre ligado no programa de esportes."
"Não entendo muito de futebol", digo.
Sem se distrair do volante, Edgar continua girando o botão AM do rádio.
"O estádio deve estar lotado", ele diz. "Mas não tem nenhum rumor, nenhum ruído de fundo, você reparou? A arquibancada parece muda."

O rádio arranha, chia. Não distingo nenhum tom.
"Acho que não entendo também de rádio", digo, meio sem graça, mas ele não se importa.

São pouco mais de cinco horas. O sol agora bate bem na orelha do Edgar. A planície vai ganhando um contorno meio ferrugem, meio laranja, a sombra das poucas árvores avança na beira da pista. Desde a saída de Belo Horizonte, rodamos uns quinhentos quilômetros; não estamos longe.

"O jogo começou há uns dez minutos", ele diz. "Pelo jeito, ainda não fizemos gol. A primeira coisa que você escuta quando liga o rádio é a torcida, o rumor da torcida. Se não escuta, é porque há perigo, o time não está bem. Na Argentina é diferente, eu sei, lá eles martelam o tempo inteiro. Uma ladainha, uma milonga interminável rebimbando na arquibancada, até o ponto em que o que acontece em campo, o resultado, já não tem a menor importância. Podem dizer que não, mas a torcida aqui é diferente, mais volúvel, menos insidiosa. Só se empolga mesmo quando sai um gol."

O camisa sete domina a bola pelo círculo central, avança. Está bloqueado, para, toca de lado. O adversário antecipa a jogada, dá de ladrão. É habilidoso, é ligeiro. Instruído por Edgar, tento captar o ruído de fundo, qualquer ruído que não seja o da transmissão. O sete volta, tenta recuperar a bola. Chega junto e comete falta por trás. É falta para cartão. Diga aí como foi o lance, grita o Max, chamando o repórter de campo.

Edgar me olha, respondo que não sei.

"Perdendo não está", ele diz. "Com um a zero contra, Max estaria gaguejando. É um dos sinais dele. Sempre que o outro time faz um gol, Max começa a gaguejar. Uma gagueirazinha leve, mas gagueja. Não é todo mundo que percebe. Tropeça nas palavras, às vezes nos nomes, reclama. Se o time estivesse perdendo, ele não narrava desse jeito. Está pouco vibrante, cauteloso, mas também não está afetado. Zero a zero."

"Naquela época", diz Edgar, "a época em que eu ia de Kombi para a escola, meus pais já moravam havia muito tempo em Belo Horizonte. Era o início dos anos 1970. Eles tinham se mudado pra lá em 1951, quando só o Theo era nascido. A Carla e a Luzia nasceram depois, uma atrás da outra. Eu vim de lambuja, como gostavam de dizer. A gente nunca teve parentes em Belo Horizonte. Meu pai era um sujeito fechado, de pouca conversa. Não gostava que eu brincasse na rua, que inventasse amizade fora da escola. Mal me deixava frequentar a casa do vizinho, que tinha algum laço com ele. Não sei se com as meninas foi assim. Uma vez apanhei feio porque fui jogar bola escondido no prédio em frente. Também não podia viajar. Ele tinha pavor de excursão, de acidente, de sequestro, de tudo. Eu achava aquilo um absurdo, não entendia tanta restrição. Minha mãe não se opunha, também não apoiava. Só quando a gente vinha para o interior, nas férias, ele relaxava, me dava alguma liberdade. Em Belo Horizonte, eu gastava as tardes lendo revista em quadrinhos, ouvindo rádio embaixo do travesseiro. O Theo? O Theo já estava na faculdade; meu pai nunca conseguiu segurá-lo."

Começam a aparecer curvas. Contornamos uma colina, a transmissão é cortada. A estrada vai ficando mais estreita e vazia. De vez em quando passa uma caminhonete, uma carroça, um homem a cavalo. Na minha cabeça, o Theo usa óculos quadrados, de lentes grossas e armação pesada, tem os cabelos pretos e cacheados. Na minha cabeça, nunca o vejo em movimento. Tento empurrá-lo, imaginá-lo andando ou rindo ou tomando café, abrindo um livro ou conversando, mas só consigo pensar nele parado, aquele sujeito meio vesgo de óculos quadrados, de cara branca e quadrada, tal como aparece na fotografia.

"Entre os antigos locutores, Max é o único sobrevivente", diz Edgar.
Ele tira o cigarro do bolso, põe na boca, pega o isqueiro no console. Obrigado, não fumo, digo. Por um instante, vejo a brasa devorando o papel, a fumaça subindo..
"Foi o único que sobrou da turma da Kombi", Edgar continua. "Uma Kombi bege, que passava de casa em casa na hora do almoço, do Sion ao Colégio Batista, pegando os meninos para levar pra escola. O comentarista, o repórter, o outro locutor... todos já morreram. Minha cabeça costuma confundir o motorista barbudo e sua mulher loira com o pessoal da rádio, como se todos se conhecessem, como se fossem personagens intercambiáveis da mesma história. Bobagem. O programa começava às onze; meio-dia era a hora do comentarista, que tinha um bordão sobre a coragem e a verdade aplicados ao futebol."

O lateral avança depois de vencer o marcador, tem um corredor à sua frente. Ali, depois da divisa, a estrada está quase abandonada. Ele vai à linha de fundo, o zagueiro se aproxima. A bola é cruzada na área, o goleiro se estica, espanta o perigo. O juiz anota o escanteio, alguém lê a carta de uma ouvinte — é outra estação atravessando a faixa. A mulher manda um recado para os pais, que estão distantes, em Belém do Pará. Agora ouço o ruído de fundo. É uma música do Roberto Carlos. Depois de transitar pelo espaço, uma emissão antiga retorna, perturbando a onda dos que vão pela estrada. Assim sobrevivem os fantasmas, penso. Olho o Edgar, tento reconhecer no seu rosto chupado, amarelo, um vinco que também seja meu. A ouvinte se chama Consolação e mora no interior de São Paulo. Me dá vontade de fumar um cigarro.

"Para saber se estávamos no horário, era só prestar atenção no comentário", ele diz. "De Santa Tereza a Kombi seguia para o Horto, onde apanhava dois meninos; de lá para a Serra, catando alunos no São Lucas, em Santa Efigênia, no Funcionários. Se a trombeta da rádio soasse antes da rua Aimorés, eu já estava atrasado. Foi assim, mapeando a cidade, que entrei no mundo do futebol, que escolhi meu time. Foi assim, suponho, que tomei a decisão de torcer para um time de camisa azul, que não tivesse as mesmas cores que a cidade tinha para mim, e que eram parecidas com as da televisão. A cidade da minha infância, ou os destroços que guardo dela, é quase toda cinza, é asfáltica. Um dia, o motorista completou o percurso e eu já saltei decidido na porta da escola, querendo que os colegas soubessem: meu time é azul — e nesses assuntos não há volta. Quando penso agora nos milhares de gols que ouvi, ao vivo e na reprise do dia seguinte, e outra vez no bate-bola noturno, quando me concentro nessa poeira acústica, Pedro, acho que todo o resto foi impossível, que o passado é impossível, e foi urdido como uma piada de mau gosto. Aquilo que não retive, e o que não retive é quase toda a história, me parece hoje um poço de sono, e o que eu fazia no banco da Kombi enquanto não ouvia o jornal esportivo era possivelmente dormir, dormia também em casa, dormia nas horas em que minha mãe costurava, e quando Luzia dava aulas e Theo viajava ou se escondia na casa de alguém, um parente ou um amigo, às vezes durante meses, eu acho. Há então um grande buraco de sono, angustiante, estúpido, em todos os lugares e dias nos quais minha memória afunda. Me desculpe, Pedro, acho que estou falando demais."

Prepara-se o goleiro para cobrar o tiro de meta, demora-se muito, será que o juiz marcou alguma coisa, quer saber Max. Sobe o balão, o defensor rebate de cabeça, cai nos pés do camisa onze, que domina com dificuldade. Esse é canhoto. Gira o corpo, vai armar o ataque, lança na ponta esquerda para seu companheiro — é o camisa nove. Ele corre, se esforça, alcança a bola. Já invade o meio, aproxima-se do bico da grande área, vai chutar, perde. Perde bisonhamente o lance.

"Um a zero para os alvinegros, cacete", conclui Edgar, e desliga o rádio.

"Meus pais voltaram para o interior em 85, com a Luzia", diz. "A Carla veio depois da separação, ela e sua filha mais nova. O menino ficou morando comigo em Belo Horizonte; está lá até hoje. Luzia nunca se casou; dava aulas no estado e conseguiu uma transferência. Foi ela quem cuidou dos velhos até o fim. Segurou uma barra pesada, a depressão deles aumentando a cada dia. Nunca perderam a esperança, eu acho, os pais nunca perdem a esperança, mas aos poucos foram desistindo de procurar, e de falar, até não conversarem com mais ninguém. Meu pai faleceu primeiro, a mãe logo depois. Vai fazer dez anos em abril."

Não passa um minuto, Edgar liga o rádio novamente. Uma voz portentosa lê a carta de outra ouvinte, dessa vez é a Manuela, de Passo Fundo, no Rio Grande do Sul. O comentarista tem a palavra, avalia que o time azul está extremamente recuado, que seria preciso segurar o cabeça de área e soltar mais os laterais. Pela variedade de ruídos, o jogo esquentou; não ouço mais o Roberto Carlos, Max me parece um pouco ofegante. Edgar sorri e concorda com o palpite.

"É claro que há outros elementos", ele diz, "que te ajudam na interpretação." O repórter, o juiz, até o instante do comercial. A menção ao gandula pode revelar um placar. Mas quase tudo passa pelo narrador, você sabe. Pela ansiedade da voz, pelo ritmo, pelas omissões — sobretudo pelas omissões. Ouvindo, você sabe se o jogo está truncado ou corrido, se está disputado ou não, se está lento. Você sabe quem está pressionando, quem está com medo. Certos indícios são dados pelo jogo; outros dependem de quem está narrando, do estilo do sujeito — e nesse caso você tem que conhecê-lo, saber se é discreto ou não, se torce para alguém, quais são as suas manhas. Alguns desses sinais são indicativos, outros são categóricos. 'Bisonhamente', por exemplo. Um vocábulo esquisito, os radialistas adoram vocábulos esquisitos. Essa foi a palavra que Max acabou de usar, não foi? Pois é um sinal categórico. Se ele, Max, descreve uma jogada como 'bisonha', uma jogada de seu próprio time, é porque já está irritado, e o time está atrás no marcador."

Eu o escuto com atenção, vejo o sol declinar. A voz do Max se ergue e recua no meio do chiado, esganiçada, falhando. Jamais imaginei ter aulas de futebol.

"Há algumas situações mais delicadas", ele continua, sem olhar para mim, sem se perder da estrada. "O Billy, por exemplo, um confesso torcedor alvinegro. Quem me chamou a atenção para esse detalhe foi o porteiro do meu prédio. Os porteiros são os melhores ouvintes de rádio que conheço, superiores aos motoristas de táxi, com um ouvido mais agudo que o deles. O Billy é um narrador distinto, elegante na forma de narrar. Se a maré não está boa, ele começa a economizar palavras, a resumir os lances e a extensão das frases, como se não quisesse transmitir o espetáculo que lhe é desfavorável. Fico extremamente feliz quando ligo o rádio e noto que ele está usando frases curtas e secas. Quanto mais abatido ele está, mais lacônica é a sua narração."

Enquanto Edgar fala, a luzinha do rádio pisca, nunca para de piscar. Talvez eu devesse fazer um comentário, refutá-lo, indagá-lo, enchê-lo afinal de perguntas, todas as perguntas que eu queria fazer sobre o Theo. Seguimos; a paisagem vai se tornando mais seca, pedregosa. Não me sinto à vontade com futebol, nunca fui um amante de futebol. De vez em quando sobe uma fumaça. Vejo um vendedor de mamonas, um acampamento, um forno de carvão. Imagino as ondas do rádio cruzando as nuvens e despencando pelas chapadas. Penso em como captar corretamente os sinais, em como me orientar por eles. Penso nos botos, nos morcegos, esses bichos que vivem no escuro e são dotados de sonar.

"Esse cara narra com afeto, às vezes com delírio", diz Edgar, referindo-se ao Max. "Austeridade não é o forte dele — é isso que me agrada. A mesma partida, narrada pelo Billy ou pelo José Gil, por exemplo, se tornaria irreconhecível. J. Gil é um senhor metódico, talvez mais velho que o Max. Pertence à linhagem dos locutores limpos, corretos, que veem o jogo como aritmética, como um xadrez. Na voz dele, os jogadores se mexem lisos e justos, quase não se tocam, nem devem suar. Gil cultua um futebol aristocrático, altivo. Adivinha as jogadas, impõe uma visão completa do campo. Narra o que está acontecendo e o que pode acontecer, o presente e o futuro. Às vezes, dá impressão de que é onisciente, divino. Narra além da bola, onde ela não está. Acaba podando a nossa imaginação. Tal como seu mestre, Geraldo Neves. Um velho radialista cheio de preciosismos, de frases feitas, com um vocabulário lusitano. Daqueles que soltam os erres vibrantes — e vão com os eles até o céu da boca, dobrando a língua. O Theo o detestava; não podia ouvir nem de longe a sua voz. Lembro-me dele entrando no meio do jogo, para as notícias oficiais. Uma voz grave, poderosa, não sei se apresentava *A Voz do Brasil*."

A transmissão some por dois ou três minutos. Volta nítida, Edgar eleva o volume. O jogo está paralisado, diz o Max. Vamos ver o que o juiz marcou. Falta para nós. O juiz está com o braço esquerdo levantado. Tiro livre indireto. O dez caminha para a bola, já não tem tanta pressa. Vai alçar a bola sobre a área, o defensor tenta atrapalhar a cobrança. Agora dá para ouvir os apupos da torcida contra o adversário.

"Empatamos", diz Edgar.

"Um dia a Kombi estava demorando muito", ele disse. "Todos os meninos já tinham saído, sobrei sozinho na porta da escola. Eu tinha de sete para oito anos. Achei que por algum motivo não viessem mais, decidi subir a rua até a casa de um colega e fiquei lá com a família dele, comendo doce. Ninguém tinha telefone em 1973. Já era noite, lembro-me, tocaram a campainha da casa. Quem? O motorista barbudo, com a mulher loira e o Theo. O Theo foi me buscar no lugar do meu pai. Não dá para esquecer sua cara de alívio ao me ver, o abraço que me deu, como se tivesse alguma culpa. Entramos na Kombi, ninguém disse uma palavra."

* * *

Edgar tem uma teoria, uma história. Dez anos ou pouco mais, essa é nossa diferença de idade. Mas me vejo tão fraco diante dele, quase insignificante, como se eu não existisse em carne e osso — talvez eu seja feito de nuvens. Subitamente, começo a sentir vergonha. Sinto vergonha de não ouvir rádio, de não gostar de futebol. Sinto vergonha de não ter entrado na universidade, de não ter abandonado a universidade. Sinto vergonha de não ter filhos, de ter morado nos Estados Unidos, de gostar de Los Angeles. De ser viciado em internet. Não tive problemas de saúde, não cuidei de pais doentes. Parece que não fiz nada. Me sinto o desertor de uma guerra para a qual nunca fui convocado. Penso na infância de Edgar, na infância do Theo. Penso em uma categoria de narradores minimalistas. Narradores de televisão narrando jogo pelo rádio, com enormes silêncios entre um toque e outro. Você tem que imaginar tudo. Edgar é muito real, é dolorosamente real; por um instante é a pessoa mais real que já conheci.

Surge um posto de gasolina, que alívio. Nosso destino, mostra a placa, está a cinquenta quilômetros. Já está escuro, mas dá para ver uma várzea. No meio dela sobem uns paus; a água cobre metade do gol. Antigamente, acho que na Grécia, a terra era medida em estádios. Enquanto tomamos um café, uma televisão chuvisca do outro lado do salão.

"O problema maior não é descobrir as pistas; é saber quais são as falsas", Edgar diz. "A partida está dura, o estádio é acanhado, o gramado, ruim, diz o convidado especial. Você se distrai, não ouve a avalanche de palmas na arquibancada — de onde atiram flores e notas —, o gol iminente ou a tempestade que o locutor enganado não vai transmitir. Não há como entender tudo, Pedro, não se culpe. Um jogador corre pouco, parece entediado e mole; é o craque do time, quase não se mexe em campo. Você será capaz de notar que essa fraqueza provém do locutor, que em sua voz ecoa uma angústia que ele trouxe de casa ou da rua, uma doença ou uma dívida, quem sabe uma ameaça? Mas por que, afinal, não poderia ser exatamente esse o jogo?" — Edgar pergunta, nós entramos de volta no carro, a noite chega de vez.

Os jogadores do time azul trocam passes no meio-campo. Já estou gostando deles, gostando do Edgar. Estamos no fim do segundo tempo, Max tem agora a concorrência de Abraão e de Jesus, cuja volta o pregador anuncia em algum estúdio distante. Sumiram as cartas dos ouvintes. Entra a propaganda de um supermercado, uma longínqua canção em espanhol. O concerto rapidamente se dissolve, o camisa cinco recua para o zagueiro, que entrega para o lateral, que devolve ao volante. Este percebe uma brecha, dá dois passos à frente, executa uma finta seca, esperando passar o companheiro. Enfia então a bola entre dois adversários, na medida para o que vem de trás — ele chega, está na entrada da área, já deixou batido o lateral, aponta, vai atirar, uh. A bola passa tirando tinta na trave. Escuto um estrondo áspero, plúmbeo, que recobre a voz de Max como um cobertor sonoro.

"Quanto você acha que está?", pergunto.

"A essa altura já viramos. Dois a um — mas bem que poderia ser três."

"O Theo usava um rádio desses grandes, um Transglobe de oito faixas, eu acho", diz Edgar. Ele tira outro cigarro do bolso, dessa vez me adianto e acendo o isqueiro. Já dá para sentir o vento frio que chega dos brejos. "Oito ou nove faixas", ele diz, "não sei direito; só sei que este nome, Transglobe, me soava como o de uma máquina fantástica, de poderes avançados e secretos, que o Theo manipulava no quarto dos fundos. Ele passava a noite inteira grudado no aparelho. Chegavam uns amigos, iam todos com ele, trancados à chave. Ia também a Ieda, a moça de cabelos curtos que usava gola cacharrel. No quarto também guardavam papéis, um tanto de panfletos empilhados do lado da janela. Não me permitiam participar, saber das coisas que aconteciam lá dentro. Eu capturava só rangidos, melodias casuais em língua estrangeira, espanhol e inglês, também algo como alemão ou sueco, ou russo, pelo menos era isso o que eu supunha ouvir quando alguém deixava o quarto e esquecia por um instante a porta entreaberta. É só assobio de pássaro, dizia Ieda, quando eu queria entender o que saía dali, os fenômenos vagos que ninguém gostava de explicar porque não eram assunto de criança."

"Houve um tempo para mim, Pedro, em que palavras correspondiam às coisas, e as coisas eram sempre bem-vestidas, engravatadas, sisudas, pelo menos as coisas que saíam da boca do Geraldo Neves, o locutor antigo. Era ele quem transmitia os jogos da seleção, que eu gostava de ouvir deitado no cimento. Parecia uma cerimônia cívica, como as que nos impunham na escola todos os dias, antes da entrada na sala de aula. Para o Geraldo Neves, o gramado não era verde, era da cor da bandeira nacional, o estádio talvez fosse um exército, e, à medida que a partida corria, os jogadores se tornavam heróis ou vilões, deuses do bem e do mal. De acordo com o desempenho do time, ele coloria ou descoloria o estádio, ajustava o clima, encontrava em um e em outro o sentimento geral da pátria. Às seis da tarde, apresentava um informe de Brasília; eu ficava tentando adivinhar o que seria aquilo, o crepúsculo no Planalto Central. Minha mãe me vigiava da cozinha, de uma varandinha onde ficava o tanque. Se chamavam uma notícia extra, ela parava o que estava fazendo, descia as escadas, vinha pendurar roupa no varal. Hoje tenho um sonho que se repete. Estou com o radinho de pilha ligado, escutando um jogo no quintal. O locutor interrompe o lance, entra a voz dos informes. Às vezes me parece o Geraldo Neves, às vezes não. Minha mãe está mexendo um doce na cozinha, um doce de goiaba, como sempre fazia. Vai mexendo o tacho, me olha pelo buraco do vidro. O locutor fala alguma coisa que não compreendo, são palavras rebuscadas, difíceis, e no meio de outros nomes repete o nome do Theo, bem alto e severo, o nome completo do Theo. Minha mãe para de mexer o tacho, que está fervendo. As pelotas quentes do doce respingam para todo lado."

"Se você quer mesmo saber", diz Edgar, reduzindo a marcha, quando faltam cinco quilômetros para chegar, "essa lembrança é sempre confusa para mim. Começa com umas frases arranhadas, frases feitas, jargões de futebol que vão espocando na minha cabeça, entre os fundos e a varanda de casa, as paredes com sua cor velha, uma cor exata de poste e de marquise, ou de cartório, não entendo por quê. Se tento lembrar, vem uma memória toda cortada, sempre na voz de radialistas esportivos, a bola fez uma curva no ar e descaiu, diz um deles, pegou de sem-pulo, diz outro, e por aí vai, um petardo de fora da área, foi pilhado em impedimento, o juiz aponta o centro do campo, uma série de fórmulas e bordões que saem do rádio de pilha, e de repente, no meio dessa enxurrada, vêm uns flashes estranhos, visões e pedaços de conversa que acabam parecendo parte do jogo, alguma coisa sussurrada, e aí estão meu pai, minha mãe, altos, andando pela casa, com medo, estão também Luzia e Carla, vou para o quintal e me deito no cimento vermelho, gelado, ouço meu pai falando com um estranho, no dia de uma partida qualquer, uma derrota que eu guardo misturada com portas batendo, com o vulto de dois ou três homens invadindo a casa à procura do Theo, do Theo e também da Ieda, quem sabe até do motorista barbudo e da mulher loira, esses homens entram pela casa, vasculham os quartos e as caixas, pegam o Transglobe do Theo e um punhado de papéis, levam tudo para o camburão, vão embora, e então alguém me manda desligar a porra do rádio", diz Edgar. Abro minha janela, deixo o vento entrar.

Avisto um punhado de luzes, primeiro à direita da pista, logo a visão se alarga para a esquerda. Passamos uma fábrica, uma vila, uma parada de ônibus. Os postes baixos projetam a mesma sombra dos estádios mal iluminados, a sombra múltipla que, nos tempos de Edgar, fazia os jogadores parecerem fantasmas na televisão.

"Ando ficando medroso", Edgar diz, agora sorrindo. "Quando meu time está mal, desligo o rádio. Ligo e desligo, à espera de algum grito favorável que venha da vizinhança. Acho que vou trocar as ondas médias pelo som das ruas. Um grito breve, perigo. Alguns gritos e silêncio, pênalti. Na hora do gol, uma cadeia de gritos como uma rede de luz. Dá muito bem para seguir o jogo desse jeito."

Entramos em uma rua comprida, estreita, de casas velhas — uma das principais da cidade, diz Edgar. Atravessamos a ponte até a praça. Ouço foguetes. Alguns rapazes, bebendo em um bar, vestem camisas azuis. Busco naqueles rostos que nos observam, os forasteiros que acabam de chegar, os primeiros sinais de uma história que não sei qual é, que para mim está apenas começando. Busco ansiosamente, sabendo que não posso desperdiçar nenhum detalhe. Edgar dirige sem pressa. Quem sabe agora, ouvindo os outros, a Carla e a Luzia, e os amigos que sobraram, poderei encaixar as peças desse jogo, colocar finalmente o Theo em movimento, dar-lhe um sopro de vida. Quem sabe agora poderei entender a descoberta, estranha, tardia, de que esse cara, esse estudante chamado Theo, preso em Belo Horizonte em 1974 e desde então desaparecido, é meu pai.

LIVRO II
Histórias naturais

1. DA DESORDEM

Desordem

O modo mais fácil de embaraçar dois ou três fios de lã é guardá-los na gaveta e esquecê-los. O princípio vale também para linhas e barbantes, correntes de prata, tiras, cordões. Tudo acontece de maneira muito simples: basta não intervir e a natureza fará o seu trabalho — quase sempre irreversível. O fenômeno, é claro, não se limita às gavetas; estende-se às formas vivas, ao espaço cósmico, e ainda aos mundos muito pequenos, microscópicos. Assim se compreende a tendência de certas plantas delgadas a crescerem abraçadas, ou por que os cromossomos de uma célula (aquelas duas fitas atadas por um nó) decaem da forma espiral, compacta e elegante, para se embolar em uma teia. Pela mesma razão é possível explicar certos incidentes do cotidiano, como as filas de banco (que inevitavelmente se enroscam), e alguns engarrafamentos. A lei alcança mesmo os domínios da abstração: hoje se sabe, ao contrário do que postulou Euclides, que duas retas paralelas se encontram, e se confundem, em algum ponto do infinito. Algo semelhante ocorre com as memórias em série, mas ainda não há consenso sobre isso. O caso de maior impacto, contudo, continua a ser o dos livros, ou das linhas gravadas nas páginas dos livros. Ao abrir um volume, o leitor sempre pode deparar com um pedaço de linha deslocado para a de baixo, ou uma frase inteira embaraçada com a outra. Esse tipo de desordem, essa confusão com as palavras, é, sem dúvida, o mais temerário de todos.

O comportamento das águas

A recondução dos peixes ao seu hábitat natural tem sido feita com suavidade e sem grandes transtornos. Com a ajuda dos voluntários, que vão de casa em casa, os peixes são recolhidos pela manhã, e até o fim do dia já nadam soltos — no mar, nos lagos, em algum rio. Mesmo as espécies mais frágeis ou temperamentais, como as de listras azuis (cujo tom varia segundo o humor), têm conseguido sobreviver. Os ineptos são sacrificados sem dor, e logo não haverá nenhum exemplar retido. O grande problema, entretanto, continua sendo o comportamento das águas. Apesar dos ritos meticulosos, obsessivos, que tentam preservá-las, a tarefa é quase impossível. Devolvidas ao curso natural, fora dos tanques e aquários, não há como conter seu instinto suicida.

Uma questão meteorológica

Quando menos se espera o círculo está formado. Uma pequena leva surge da avenida e começa a rodar. Logo aparecem outras, saindo das ruas laterais. Dez, quinze, vinte, incontáveis bicicletas, enfileiradas ou em nuvens, aproximam-se da rotatória e entram, fazendo crescer o zunido. A força do redemoinho arrasta as indecisas, as mais lentas, e a pista inteira gira, sempre em sentido anti-horário. Algumas, não resistindo à tangente, são cuspidas de volta na avenida. Atraídos pelo chiado, pelo movimento dos aros, os pedestres estacionam no meio-fio e assistem a tudo, refrescando-se com os golpes de ar. As bicicletas permanecem assim durante vários minutos, às vezes por mais de uma hora, e então se dispersam espontaneamente, tal como começaram. Essa agregação, essa roda, tornou-se de fato um fenômeno natural, regulado pelas mesmas leis que, fora do controle humano, comandam os furacões, as frentes frias, as marés. Os próprios berlinenses dizem que já é possível, com base na pura observação, calcular as chances de um novo evento acontecer, mas, como toda previsão meteorológica, essa também está sujeita à imprecisão.

A flor-de-cera

Entre as imitações que a natureza tenta fazer das coisas humanas, uma das mais fidedignas e impressionantes é a chamada *Hoya carnosa*, planta de flores estreladas e densas conhecida como flor-de-cera. A flor-de-cera é uma trepadeira de caule fino e poucas folhas, que gosta de altura e de frio. É comum vê-la pendurada em corredores, cantos de sala e em varandas onde não bate muito sol.

É sabido que a genética da flor-de-cera conseguiu reproduzir à beira da perfeição o código do indivíduo que lhe serviu de modelo — a flor *feita* com cera de abelha —, e de um modo bem mais elaborado e estável do que várias outras dessas imitações que se veem por aí — o peixe que finge ser espada ou martelo, por exemplo, as plantas em forma de guarda-chuva, coroa, anel.

Os objetos de cera fabricados pelo homem tendem a incorporar as propriedades da substância que os molda. Assim, as frutas, os bonecos, as máscaras são corpos maleáveis, vivos; as flores, apesar de sensíveis ao tato e ao calor (que tem o poder de aniquilá-las), são voluptuosas e suaves — como toda matriz de arte natural.

Apesar de toda a inteligência da *Hoya carnosa*, do esforço com que os indivíduos de sua espécie, duplicando o produto da imaginação humana, têm sobrevivido à seleção natural, será preciso ainda muito tempo para ela se tornar uma cópia perfeita. Em algum momento de sua evolução, o vegetal precisará eliminar essa aparência açucarada e o brilho, além do perfume delicado e embriagante, sintomas que denunciam sua artificialidade, para enfim, quem sabe, dar o salto derradeiro e assumir o lugar da flor de cera original.

Sobre as nuvens

Em vez de, sem nenhum apetite, comer e beber o tempo inteiro, aceitando o que lhes é oferecido no corredor; em vez de, tão logo se acomodam, abrir o jornal com indiferença; em vez de chamar o comissário por nada ou, ignorando os demais, fechar os olhos e fingir dormir, os viajantes sobre as nuvens poderiam, apenas por experiência, atendendo ao que propõe o comandante, observar a janela, como aquele inseto que, tendo embarcado visivelmente por engano, se agarra como pode à alça do compartimento de bagagens, sabendo que não está nos seus domínios.

2. DAS COISAS

Lembrança de Nova York

No fim do verão, Otla levou a poltrona para o quarto. Afastou o criado-mudo, puxou o tapete: a poltrona coube perto da cama, longe do sol. É uma poltrona baixa, arredondada, com braço de madeira e forro de veludo. Por dentro nunca foi mexida, nenhuma de suas partes foi substituída ou reformada.

À noite, depois de preparar o chá, Otla se fecha no quarto. Fica sentada na poltrona até tarde. O abajur aceso, as pernas esticadas sobre o pufe. Mal se lembra que tem vizinhos, pouco se importa com o barulho da rua. Na hora de deitar, arreda a poltrona para junto da cabeceira, ao alcance da mão. Pode assim tocar o veludo do assento, conferir os lisos e os ásperos do braço de jacarandá.

Frequentemente, Otla sonha. Sonha que está em Paris, dentro de um café, acomodada na poltrona. A sensação é deliciosa, mas dura pouco. Logo Otla se vê sozinha na rua. Na esquina, surge um malabarista. De costas no chão, com as pernas para cima, ele faz a poltrona rodar. Então vem a queda — a poltrona despenca em um precipício, sem nunca chegar ao chão.

Quando lhe perguntam sobre a procedência da poltrona, Otla muda de assunto. Evita imaginar que ela já habitou outras casas, que outras pessoas se esfregaram em seu assento. Não gosta de pensar que a poltrona ficou exposta ao tempo, que dormiu em depósitos, foi arrastada, pegou poeira, no meio de tralhas e restos de demolição.

Às vezes, porém, Otla trai a si mesma; lembra-se das próprias experiências. Lembra-se, por exemplo, da mesa bela e manca que ocupou sua sala durante vinte anos, do estranho abajur lilás, cobiçado por todo mundo, da escada em caracol. Lembra-se do muro negro onde, ao sair do escritório, se encostava para fumar. Sobretudo, e com certo ardor, lembra-se da ponte do Brooklyn, das noites estreladas que passava ali, sob o céu de Nova York, reclinada na armação.

Os sapatos

No fim de tarde, quando atravesso a sala para ir à varanda, os sapatos estão lá — em cima do tapete, diante da poltrona. Um par de sapatos pretos, de couro amassado, sem brilho. São pés bojudos, de boca larga, de peito alto e largo, de bico gordo e macio. Os cadarços estão frouxos, o dorso respira. Sem pressão, os tornozelos ficam mais grossos; aumentam o calibre do corpo. Assim são os sapatos quando acabam de sair dos pés: aliviados e brutos. Gosto de me assentar na varanda ao pôr do sol, ver os pássaros na sombra, a parede de prédios escurecendo do outro lado da rua. De vez em quando, volto os olhos para a sala, dou de cara com os sapatos. Estão arfando, um ao lado do outro, mudos. Por um instante, sinto que vão avançar — como se fossem o próprio touro.

Da vulnerabilidade dos objetos

Quanto menores, mais sensíveis são os objetos, ele pensa, examinando com as mãos o embrulho, sem graça de olhar para ela. Se pudesse voltar atrás, se pudesse escolher de novo, talvez fizesse uma troca, talvez comprasse algo mais, mas agora é tarde, ele pensa, tem de ir até o fim. Os objetos são inseguros, são órfãos por natureza, e também são traiçoeiros, ele pensa; não dá para ter pressa, tratá-los de qualquer jeito — é preciso ter muito cuidado com os objetos, ele pensa, buscando no embrulho uma ponta solta por onde abrir. Antes de ceder à tentação, ao apelo de um objeto, ele pensa, e de assim envolver-se com ele, seria preciso estudar o clima, seria preciso estudar a língua, os riscos de uma exposição em local estranho, seria preciso entender que a mudança brusca de lugar afeta a vida dos objetos, sua luz, sua forma, e também sua força, seria preciso entender que substâncias como a madeira e o ferro, por exemplo, o âmbar e a tinta, presentes em vários objetos, tendem a transmutar-se ante um toque estranho, a perder suas propriedades originais, e que o objeto nunca é o mesmo ao sair de seu invólucro em outro continente, ainda que as palavras que o apresentem e as mãos que o conduzam sejam habilidosas, e tentem compensar a distorção natural dos elementos. Isso é o que ele pensa, virando e revirando o embrulho. Por outro lado, ele continua, um objeto exilado, um objeto apartado das centenas de outros objetos iguais a ele na prateleira de uma loja, de um bazar, finalmente pode respirar, e opera com a gravidade de seu próprio corpo, ele pensa, e então seria o caso de admitir que eles, os objetos, funcionam como os alimentos, que se deve tratar o couro e o bronze como se trata o açúcar, o sal e o amido, entender que, por exemplo, os doces, especialmente os mais finos, quando migram de uma terra quente e seca para a cidade fria, jamais poderão ser reconhecidos sem o calor que é parte do próprio doce, ainda que nunca figure na receita, e que a simples presença de outras coisas de comer no lugar onde se guardam os doces, e o cheiro trocado entre essas substâncias, integra a própria substância, e, assim, ao ser deslocado, o objeto, qualquer objeto, como os doces, perde uma parte de si, ou fica fora de si, ele pensa, enquanto seus dedos tentam se livrar do barbante que prende a segunda pele do embrulho, um celofane azul, sob o papel pardo já retirado e largado no chão, inteiramente massacrado por suas mãos sem perícia, mãos que agora lhe parecem estranhas, elas próprias um objeto perdido naquela sala de paredes claras, muito mais claras que as do hotel de onde tinha saído na noite anterior, afinal, ele pensa, as paredes de casa são sempre mais claras que as paredes de qualquer hotel, tal como a pele do corpo queimada de praia é mais queimada no espelho de casa que no espelho do hotel, ele pensa, fugindo do olhar dela, de sua quietude e expectativa, e já tem as costas e o rosto ensopados de suor à cata de uma brecha para desvencilhar-se do celofane azul, abaixo do qual há ainda uma camada de plástico-bolha e outra de papel de seda, já que em viagens longas é consenso aplicar várias camadas de proteção, ele pensa. Seria preciso, assim, ele pensa, pensa e respira, compreender de uma vez por todas a vulnerabilidade dos objetos, ainda que as travessias, os voos sobre os oceanos, enobreçam e tornem mais fortes os objetos, ele pensa, é ao cortar o Atlântico ou o Pacífico que um objeto se imanta com a experiência da água, absorve em sua memória de louça a escuridão e a fúria do mar, ele pensa, mas nada elimina o risco, a possibilidade de fracassar ou ferir, a falta de controle sobre os objetos. Ora, ele pensa, virando e revirando o embrulho, no final das contas, não é bem assim, os objetos dependem também e talvez mais do modo como são recebidos, da boa vontade de acolhê-los, e podem até surpreender, uma doação depende não apenas do doador mas também do donatário, ele pensa, um presente só se torna presente quando o outro o acolhe, assim como uma palavra só se torna palavra quando o outro a acolhe, e aí está o liame que pode unir uma pessoa a outra, o liame frágil como uma xícara de porcelana, ou um pote de barro vagabundo que de tanto perseverar na mesa acaba submetendo a mesa, e esta já não sobreviverá sem o pote de barro, ele pensa, pensa, retardando o quanto pode o movimento dos dedos, ainda sem graça de olhar para ela, sem saber o que ela pensa, agora apenas com o desejo de sua hospitalidade, com a esperança de que um objeto, qualquer objeto, sempre pode ter amparo, ainda que inútil ou despropositado, desprovido de charme, feio ou simplório, ou até mesmo equivocado. Seria preciso acreditar, ele pensa, que um objeto sempre pode infiltrar-se nos domínios de outros objetos ou de outros seres, como a cadeira que se converte em onça e a onça que se converte em cadeira, essa é a mecânica íntima dos objetos, ele pensa, mais ainda daqueles que dormem dentro dos mercados e ali concretizam à noite suas trocas impuras, ele pensa, os objetos podem ser enganosos, podem aumentar ou diminuir de tamanho, como a velha fruteira sobre a mesa, ele pensa, ali diante dos dois, a fruteira que receberia laranjas, maçãs graúdas, quem sabe pitangas e frutas-do-conde, mas hoje acolhe uma penca de chaves e uma conta de luz, e certamente por isso se encolheu de solidão, ele pensa, ele, o recém-chegado, com as mãos trêmulas que parecem hesitar, parecem não querer ou não ter coragem, a coragem necessária para puxar a última camada do invólucro que esconde o objeto, um presente, a lembrança anunciada e trazida para ela, ele pensa, e ela o observa e aguarda, isto a que se chama de surpresa, mas ele teme, teme o instante derradeiro, esse no qual se celebra o desastre — a passagem inevitável que todos esperamos de um mundo a outro, ele pensa, ele tenta, mas parece mesmo que já está arrependido.

Uma questão cartográfica

As formigas seguem em fila sobre o mapa-múndi largado no quintal. Entram pelo Ártico, atravessam o Atlântico e o Saara, continuam pelo Oriente até o Pacífico, retomando então a sombra do muro. Algumas partes do mapa estão rotas, amassadas. A fronteira da China foi rasgada, a América do Sul afunda sob um monte de terra.

"Já fiz os cálculos", ele diz, descascando a laranja. "Se você considerar que uma formiga como essa é quase um milhão de vezes *menor* que o homem, um mapa do tamanho de Madagáscar seria o suficiente para cobrir todo o mundo *real* das formigas — supondo, é claro, que as formigas pudessem ver o mundo da perspectiva do homem. O mapa das formigas equivaleria, assim, ao planeta das formigas, e elas poderiam percorrer os dois territórios ao mesmo tempo."

Ele ergue a laranja contra o sol.

"Mas tem o outro lado", continua. "Se é verdade que uma formiga anda em um dia o equivalente a quatrocentos quilômetros em escala humana, isso quer dizer que, se o homem enxergasse o mundo como as formigas, a Terra deveria ser no mínimo do tamanho de Júpiter, para que ele pudesse fazer a caminhada correspondente. Assim, o mundo dos homens equivaleria ao das formigas — o que, evidentemente, contraria a hipótese anterior."

Ele conclui o raciocínio, examina a laranja. Corta-a no meio exato, me dá a metade.

Com o sol a pino, as formigas se apressam. Por uma fresta no México, tomam um atalho sob a terra e saem no Japão — sem fazer grande esforço, sem danificar a superfície do papel.

A vida mineral

Quando não recolhem a bandeja, fico com as pedras para mim. É um tipo comum de cirurgia, toda sexta-feira acontece. Ao terminar, eles me chamam do bloco, eu subo. A sala já está vazia nessa hora; o paciente foi levado para a recuperação. Faço então o meu serviço. Verifico os equipamentos, o material, organizo os móveis. O pessoal da faxina recolhe o lixo. Antes de trancar a porta, vou com a pinça e ponho as pedras num saquinho. Normalmente são duas, três. Costumam medir entre um e dois centímetros, mas às vezes saem umas gigantes. Os médicos dizem que são todas feitas da mesma molécula, o oxalato de cálcio. O formato, porém, é sempre imprevisível. Essa é uma característica das pedras humanas — o corpo é muito criativo. Não, não acho ofensivo coletá-las, me apropriar delas, mesmo nesse estado, ainda mornas. Para mim, se já estão livres do organismo, constituem uma matéria independente. Ao entrar na sala de cirurgia, sinto sempre uma expectativa, é claro, uma ansiedade, não sei o que vou encontrar. Sei apenas que vai ser um objeto novo, único — mais uma surpresa para a minha mulher. No fim da tarde, quando chego em casa, ela já está me aguardando na porta, como uma criança aflita, e vou logo passando o saquinho para as mãos dela. Ela corre para a pia, limpa os cristais um por um, com água e sabão. Depois, com muito cuidado, ajeita as novas peças na estante, reordenando as antigas. Minha mulher faz isso com uma delicadeza incrível, com o talento de uma artista. A estante fica dentro do nosso quarto, ocupa uma parede quase inteira. À noite, a gente deixa a janela aberta. Entra uma luz suave — a claridade que vem da rua. Aos poucos, os cristais vão se iluminando, ganhando brilho, tornam-se vivos. Cada pedra, cada minério tem uma forma própria, uma cor própria. Lembram setas, pétalas, lâminas. Moedas, medusas, estrelas. Ossos, cacos de vidro. Depende da sua imaginação. Até alta madrugada, deitados na cama, minha mulher e eu podemos olhar para a estante e admirar essa maravilha, esse tão diversificado universo.

3. DAS SOMBRAS

Sobre as letras e as armas

Os registros não confirmam, mas é provável que a flecha que feriu mortalmente Aquiles nos portões de Troia estivesse gravada com seu nome e a parte do corpo que deveria atingir. "De Páris para Aquiles, no calcanhar direito" — esse é o texto que se pode presumir. Fugindo do tumulto, o arqueiro escala a muralha, escolhe a flecha e nela anota a sentença fatal. Antes de soltar o braço, murmura as palavras, como uma prece. Mil anos depois, um grego chamado Áster, habitante de Metona, alveja Filipe, rei da Macedônia, que caminha com seus exércitos para tomar a cidade. Na flecha, Áster escreve: "Para o olho direito de Filipe". O projétil vibra e atinge certeiro o alvo, cegando o rei. Assim se guiavam os projéteis na Antiguidade.

Alguns hábitos duram bem mais que os objetos. Endereçar flechas ou balas como se fossem cartas é um costume que atravessou os séculos, adaptou-se à invenção da pólvora e às armas de fogo, perdurou nas guerras modernas. Em 1805, na batalha de Trafalgar, os ingleses derrotaram a frota napoleônica, mas não evitaram a morte de seu líder — e desde então herói nacional —, Lord Horatio Nelson, derrubado já no fim do combate por um tiro fulminante de mosquete. A bala, saída do mastro de um navio francês, entra pelo ombro esquerdo, percorre a escápula e aloja-se caprichosamente na espinha do almirante, que morre horas depois. Ninguém conseguiu descobrir o nome do atirador (R. Guillemard, um ex-sargento que se tornou escrevente, chegou a reivindicar a autoria do disparo), mas a pequena esfera metálica, recolhida pelo médico de bordo, foi entregue à rainha Vitória e acabou exposta em uma sala no castelo de Windsor. Na superfície suja da bala, ainda se pode ler, em caligrafia trêmula, a precisa nota: "*Pour H.N., à l'épine dorsale*".

As pequenas batalhas — cercos e emboscadas, missões secretas, guerrilhas — favorecem a inscrição no projétil do nome a ser perseguido. Entretanto, mesmo nos ataques em massa, nos bombardeios, onde quase tudo é fantasma e ruído, há também os que usam a tinta como arma. Três exemplos, tirados de três fotografias: na Segunda Grande Guerra, um piloto aliado assina a bomba que vai caçar o general Rommel no deserto. Antes de decolar, soldados alemães descansam sobre a ogiva que vão despejar na cidade de Narvik, na Noruega — "Auf nach Narvik..." — o braço de um deles cobre as iniciais do destinatário. Em uma praia do Reno, duas crianças brincam com uma bomba cilíndrica que emergiu na areia — tentando ler o nome do dono.

Ninguém sabe como serão no futuro as relações entre as armas e as letras, mas alguns soldados seguem rabiscando as ogivas com giz. O apelo, o propósito desse gesto, pode-se supor, não é exatamente determinar o destino da bala, mas converter as letras na própria bala, aquela que vai penetrar a carne do inimigo, e com sorte destruí-lo (as palavras têm esse desejo natural de se tornarem armas). Nem sempre, porém, as coisas saem conforme foram escritas. Uma bala foge e atravessa um sujeito que está de passagem, desprevenido. Outra explode no peito de um amigo, aquele que se queria proteger. Não há quem não conheça uma dessas histórias de extravio.

Seria possível atribuir essas falhas à insuficiência, à fragilidade das letras. Seria possível acusar os soldados de despreparo, de não saber soletrar corretamente a fórmula homicida. Indiferentes, as flechas e as balas, uma vez disparadas, continuam a voar por conta própria — velozes, solitárias. No último instante, podem até mudar o sentido das palavras.

A medida das sombras

Pyramides... quarum umbra non videtur

A princípio, poderia ser só uma questão geométrica. Para provar seu método, Tales chega a Gizé, acompanhado de um assistente. Aos pés da pirâmide, com o sol baixando, crava na terra, perpendicularmente, um bastão. Quando a sombra projetada pelo bastão atinge o exato comprimento do objeto, o assistente se apressa e mede a sombra da pirâmide.

"Essa linha que vai ao topo", diz Tales, simulando o traço no ar, "é a hipotenusa do triângulo maior. O bastão e sua sombra são os catetos de um triângulo semelhante."

Com base no teorema que ele mesmo tinha inventado, Tales compara uma série de triângulos e obtém a altura da pirâmide.

Pelo que consta, Tales era de Mileto, mas viajava muito e viveu um tempo entre os egípcios, com quem aprimorou os conhecimentos de matemática. Não são muitas as informações sobre sua vida. Diógenes Laércio, biógrafo do século III, é um dos que mencionam o episódio da pirâmide. Na época, seu comentário teria servido não apenas para reforçar a fama de Tales, que corria desde antes de Cristo, mas também para combater os que, usando argumentos empíricos, negavam a demonstração feita em Gizé. É o caso, por exemplo, de Júlio Solino, um gramático contemporâneo de Diógenes e compilador de fábulas. Solino descrevia as pirâmides como torres pontiagudas e muito altas — tão altas que seriam inalcançáveis para as mãos do homem, e ultrapassavam o limite das sombras. Assim se explicaria por que as pirâmides *não dão sombra nenhuma*.

Higino, um mitógrafo cheio de homônimos que viveu um ou dois séculos antes de Solino, ao escrever sobre as sete maravilhas do mundo, já atribuía às pirâmides essa propriedade natural. Tanto um quanto outro, ainda que de forma implícita, parecem ter adotado a mesma premissa: a de que as pirâmides não eram mera obra de engenharia; constituíam, antes, um golpe de luz divina, a nervura de um deus que é o próprio Sol — esse grande corpo sem sombra.

Algumas narrativas têm, como um vírus, a misteriosa capacidade de hibernar no tempo e, de uma hora para outra, renascer, saindo do escuro. No século XVI, o cosmógrafo e viajante André Thévet (que ensinava curiosidades ao rei da França), dissertando sobre o Egito, invocou a autoridade de Solino para falar da impossibilidade de as pirâmides fazerem sombra. Hoje, quando uma caravana vem do deserto em direção ao Cairo, e ao pé de Quéops os cães param subitamente de ladrar, os beduínos já adivinham o motivo. Antes de dormir, acendem a fogueira, bebem, e um deles vai relembrar a velha história — vai dizer que as pirâmides não dão sombra.

Os triângulos de Tales têm permanecido na imaginação das pessoas. Qualquer professor de matemática conta em sala de aula o episódio de Gizé. Tales, que gostava de fórmulas e anedotas, viveu setecentos anos antes de Diógenes e de Solino, e ainda é considerado um sábio, um precursor da lógica. À beira do deserto, ele pensou nos triângulos, exumou da paisagem seus números e retas, combinou as pedras e as sombras em uma equação. Dizem (isso é coisa de Heródoto) que também previu um eclipse: daí podemos concluir que a sombra é uma chave para a sua matemática.

Ao contrário de Solino, cujo mundo é movediço e mágico, o raciocínio de Tales se mantém com rigor e método — tem a pretensão de ser incontestável. Recentemente, um historiador inglês identificou em uma biblioteca londrina uma nota sobre a história de Diógenes. Foi redigida, ao que parece, por Proclo, no século v, e devia fazer parte de um comentário mais amplo sobre a *História da matemática,* livro jamais visto, datado do século anterior. Diz Proclo que o assistente de Tales — aquele que o seguiu a Gizé e o ajudou com o bastão —, depois de observar com atenção e em silêncio os cálculos do matemático, deixa por um momento a timidez de lado e pergunta: "Mas, mestre, como se pode confiar na medida de uma sombra?".

História do sacrifício

Para testar Abraão, Deus ordena que ele leve seu filho, Isaac, ao alto de uma colina e lá o sacrifique. Abraão monta em um jumento e em três dias chega ao lugar indicado. Dispensa os criados, prepara o altar, amarra o filho nas achas de lenha. Quando vai pegar o cutelo, é contido por um anjo divino, que o manda suspender a execução — sua fé já estava demonstrada. No lugar de Isaac, Abraão sacrifica um carneiro.

Essa história, como se sabe, é narrada no capítulo 22 do Gênesis, no Antigo Testamento, e deve ter sido rascunhada pela primeira vez uns cinco ou seis séculos antes de Cristo. Para alguns intérpretes, a passagem é premonitória: anuncia episódios bíblicos bem posteriores, como, por exemplo, o sacrifício de Jesus. Outros a consideram um enigma — os caminhos para compreendê-lo se revelariam concretamente ao longo dos séculos, graças ao trabalho dos escribas e dos copistas.

A passagem contém dezenove versículos, cada um compondo uma unidade de leitura. No tempo dos manuscritos, para escrever essas linhas, um escriba, trabalhando sobre velino, gastava cerca de quatro páginas, ou dois fólios, o que era obtido com folga a partir da pele de um carneiro. Desse modo, a cada vez que um copista pegava seu cálamo e escrevia a história do sacrifício, um carneiro tinha que ser sacrificado — tal como a história prefigurava. Ao contrário de Abraão, os copistas nem sempre são fortes ou confiáveis. Distraídos, sonolentos, eles andam à sombra do Erro. Invertem letras e sílabas, emendam o que não devem, suprimem versos sagrados. Uma Bíblia bem-feita, porém, não admite rasuras nem erratas. Sempre que um copista falha, o velino tem de ser descartado, e é necessário refazer todo o fólio — as iluminuras, os comentários, as glosas. A cada erro, a história precisa ser repetida, e outro carneiro tem de ser sacrificado. Assim os demônios participam do trabalho divino.

Hipótese sobre o copista

Dizem que ele quase nunca erra, que tem o dom da concentração. O chefe do scriptorium confia na sua pena; passa-lhe uns volumes rotos, puídos, os mais difíceis de transcrever. Em termos de arte, se posso usar essa palavra, sua caligrafia não está entre as melhores. Ainda assim, tem um autógrafo valioso, que todo mosteiro deseja — pela fidelidade à palavra, pela correção. Os novatos o respeitam, pedem-lhe conselhos, ajuda. Enquanto copia, ele não responde, não brinca; não fica anotando bobagens à margem do pergaminho. A disciplina é que deve guiar as mãos.

Bloqueio tudo o que vem da janela, ou que está fora de mim — a confusão do pátio, os pássaros, os gemidos dos outros copistas. Mal levanto o pescoço. Ouço só a voz abafada que sai dos manuscritos. Minha jornada começa cedo, quando o sino toca, na sétima hora da manhã. Se me entregam livros pagãos, não reclamo. Mas juro que prefiro uma oração, um salmo. Antes de começar, verifico os materiais. O tinteiro, as penas, a raspadeira — esta, quase não uso. Faço uns rabiscos de leve, para testar os pergaminhos. Um bom copista, é claro, não pode interromper o trabalho toda hora, porque a tinta acabou, porque o bico da pena está borrando a pele do animal. Me ajeito em uma posição cômoda, apoio o caderno no colo. Ao contrário dos meus confrades, não fico recla-

mando da falta de luz. Poderia usar a mesinha ou um cavalete, se quisesse. Não há restrições quanto a isso. Mas, na minha fé, esses móveis são perigosos, interferem na comunhão entre o corpo e o livro, que deve ser direta e natural. Leio um versículo, uma frase, memorizo-os. Sigo sempre meu ditado interior. No scriptorium é proibido conversar, é proibido cochichar. Se movo os lábios, faço-o em silêncio, repetindo apenas a dança muda de cada som. Quando sopra o vento da acídia, essa técnica ajuda a manter a atenção.

Ele copia um códice inteiro em dois dias — mais de trinta folhas. Sem desespero, sem negligência. Nenhum dos colegas se iguala a ele, nem em rapidez, nem em comportamento. Ao contrário, a maioria deles não resiste. Se topam com uma palavra duvidosa, uma citação que não foi devidamente glosada ou parece inferior, não hesitam em bani-la, em corrompê-la. Assim contribuem para o império do erro, e traem sua servidão.

Diante de um par de versos mais soltos, confesso, uma melodia estranha, posso me sentir seduzido — os ouvidos amolecem. Corro o risco de fraquejar. Balbucio um nome oco, escorrego para fora da linha. O canto insidioso de uma palavra atrai o de outra, e logo uma trilha enganosa interrompe o curso da pena. Vejo-me deslizando entre os sons como um pássaro noturno, longe da certeza, da autoridade da escrita. Paro; respiro. O corpo inteiro tem que combater o descuido.

Os colegas do scriptorium o observam, o analisam; querem entender seu talento, seus gestos. Ele já copiou Homero, Horácio, Virgílio, Cícero. É um mestre dos Evangelhos. Conhece as sequências de cor e sabe como elas se combinam, mesmo quando a escrita é contínua. Ao murmurar — todos já viram isso —, convoca também os pés, os joelhos, o estômago, isolado em seu compromisso. Nos dias de nuvem e chuva, quando o relógio do pátio não pode mostrar o tempo, ele sabe contar as horas por dentro. É a leitura que dita o ritmo do mundo.

Às vezes, admito, sofro com essa expectativa, com o rumor que cerca meu hábito e minha assinatura. Às vezes só me resta descansar em sonhos. Sonho ser um desenho, moro no espaço de uma iluminura. Sonho ser a letra alta e vermelha que inaugura a coluna; sonho viver no canto do velino, entre a barra escura de letras e o abismo fora do livro — como um anjo pendurado, um harpista, um caçador. Uma palavra salta da folha, entra pelos olhos do copista — rapidamente, precisa ser escrita de novo. Se o copista hesita, a palavra não consegue completar sua passagem. O som, os sinais da palavra se perdem dentro dele, e puxam seu espírito para o limbo. Pergunto: nesse instante em branco, a quem pertence a palavra?

À noite, na hora de deitar-se, ele conserva a vela acesa, esperando os pensamentos sumirem. Medita um trecho de Lucas, outro de João. Estou ali; espreito. Ele sua, sofre. Não consegue pegar no sono. Os escólios do dia não vão embora, acabam com a sua paz. As formas capitais, as versais, todas as letras flutuando, confundindo os sentidos. É difícil resistir a esse baile, é difícil resistir ao verbo. Não desperdiço minha chance — sussurro nos ouvidos dele, dito-lhe estas confissões. Por aí, dizem que, se seu dom for revelado, ele será expulso do mosteiro, pode até ir parar na fogueira. Dizem que ele ouve vozes, várias vozes: serão todas tão sinceras como a minha? Dizem até — mas eu não creio nessa hipótese — que ele está escrevendo um livro ditado por Deus.

Uma questão de autoridade

Faça chuva ou faça sol, toda sexta-feira J. sai do serviço, toma um refrigerante na lanchonete da esquina e, antes de pegar o metrô, passa na lotérica para fazer seu jogo. Marca seis números em sessenta, sempre os mesmos. J. é parcimonioso. Faz um jogo por semana, o mais simples, sem correr riscos, sem comprometer o orçamento mensal. A cada rodada, são sorteados seis números. Assim, do ponto de vista de J., há uma chance em cinquenta milhões de ele acertar.

Há quase trinta anos, J. trabalha em uma companhia de seguros, uma antiga e respeitada companhia de seguros. Nesse tempo, nunca desacatou uma ordem, atrasou-se só uma ou duas vezes. Raramente adoece ou fica gripado. É considerado pela direção um funcionário exemplar. Fala pouco, veste-se com sobriedade. Confia na hierarquia, nas decisões superiores, na correção e no planejamento da empresa. Por princípio, J. não se envolve em greves, não dá opinião se não é consultado. Nas horas de folga, lê manuais de gramática e correspondência, para aprimorar a comunicação. Em sua carreira, J. acompanhou impassível os altos e baixos da empresa, as crises, a expansão. J. crê que a Companhia tem uma engrenagem firme, que funciona por si mesma, acima das pequenas vontades e de modo natural.

J. espera na fila da casa lotérica. Pensa na estabilidade, na força do sistema de apostas. A Loteria é uma instituição milenar — anterior a Cristo, disseram-lhe —, um exemplo de tradição. Sendo um órgão Oficial, tem garantias; está livre das armadilhas, do perigo dos jogos clandestinos. A Loteria merece sua plena confiança. Quando, depois de esperar quase uma hora (isso sempre acontece na agência que frequenta), J. finalmente compra o bilhete, sente-se de algum modo recompensado, vive um momento de integração. A posse daquele papel, a esperança compartilhada que ele representa, reforça seu senso de civilidade, até seu patriotismo — o espírito de comunhão. J. sai da lotérica apaziguado, feliz.

Em cada sorteio, a Loteria contabiliza em média trinta milhões de apostas. Assim, do ponto de vista da Loteria, é praticamente certo que a cada rodada haverá pelo menos um ganhador. J. não acredita em acasos. Confrontando o seu ponto de vista com o da Loteria, opondo a estatística do apostador à da instituição, J. entende que, sendo a Loteria uma entidade Superior, a sorte do indivíduo é irrelevante, e a autoridade da Loteria sempre há de prevalecer. Assim, faça chuva ou faça sol, toda semana J. faz o mesmo jogo, esperando a sua vez.

4. DOS DEMÔNIOS

Do amor dos homens pelos barbeiros

Sempre que nos encontramos, Cyro me estende a mão, faz uma reverência com a cabeça. Por alguns instantes, fica parado na minha frente — elegante, soberbo, olhando-me fixamente. Então pergunta, com um ligeiro tremor nos lábios, onde foi que cortei o cabelo. Isso não é novidade — a todos ele faz a mesma pergunta.

Talvez Cyro esteja um pouco confuso. Sua idade, como a minha, é avançada, e ele teve alguns problemas sérios; toma muitos medicamentos, não consegue se orientar sozinho. Os filhos pedem desculpas, dizem que o homem não está bem, que já não diz coisa com coisa, que não se deve dar bola para suas frases sem sentido.

Conheço Cyro desde criança. Fomos colegas de colégio, bebemos e viajamos juntos, trocamos cartas na juventude. Nunca nos afastamos inteiramente ao longo da vida, nem mesmo quando ele se casou. Tentando ver as coisas do ponto de vista dele, não posso deixar de lhe dar razão.

Uma das lembranças mais antigas que tenho é a de ir com minha mãe cortar o cabelo. Regularmente, uma vez por mês, ela me levava a um barbeiro no centro da cidade, o Melo, que eu imaginava ser o melhor, talvez o único capaz de acertar. Recordo-me da cadeira metálica, da tábua que ele punha no assento para eu ficar mais alto diante do espelho. Durante um longo período, as coisas seguiram assim, e Melo se tornou uma daquelas personagens intocáveis que dão realidade à infância. O futuro era então apenas o dia em que dispensariam aquela tábua e eu seria autorizado a assentar diretamente na cadeira.

Algum tempo depois, mudamos de bairro; acabei mudando também de barbeiro. Já não sei se minha mãe me acompanhava ou se eu ia sozinho. O novo sujeito, mais jovem, introduziu um corte diferente, que deixava as orelhas de fora. Foi o sinal de que a infância havia terminado.

Costumo crer numa ligação íntima entre os homens e os barbeiros — uma aliança que só deveria ser quebrada em caso de guerra, cataclismo, revolução. Ao entrar para o serviço militar, senti que tinha chegado a um desses extremos, e procurei um desconhecido para raspar minha cabeça. Foi também nessa época, acho, com uns dezessete ou dezoito anos, que tomei a primeira dose de uísque e tive os primeiros pensamentos sobre a morte. Tornei-me frequentador de uma nova casa — discreta, burocrática, só para adultos —, o salão do Reis.

Durante trinta anos, cortei o cabelo com o Reis. Considerava-o uma espécie de anjo ou comparsa que devia ser visitado de tempos em tempos. Eu chegava em silêncio, assentava-me na poltrona, abria o jornal. Ele fazia o serviço, eu pagava e ia embora. Praticamente não conversávamos. Um dia, quando o corte já estava quase terminando, notei que o sujeito no espelho — com a tesoura na mão — já não era o mesmo. Só assim me dei conta de que o Reis tinha morrido.

* * *

Há alguns dias, encontrei-me com Cyro no parque; a filha o conduzia. Como sempre, ele me abraçou, encarou-me com seu jeito vidrado. Vi seus olhos se avermelharem, cheios de água, ele não conseguia falar. Acalmou-se, sorriu. Veio a inevitável pergunta — onde é que eu tinha cortado o cabelo.
 Levanto-me cedo todos os dias, entro no banheiro; em cima da pia, minha mulher mandou instalar um grande espelho. Lá estão meus cabelos lisos e frágeis, bem aparados na frente, nas laterais. As costeletas niveladas, sem falhas — um corte perfeito. Por um momento, ouço o barulho da tesoura, as mechas escassas caindo no chão, levando consigo as tardes e as noites. O barbeiro retira a túnica, limpa-me o pescoço e os ombros, aspira os restos de fios. Mostra como ficou a nuca; respiro o cheiro de colônia. Ficamos os dois ali, olhando um para o outro através do espelho, como se fosse um duelo. Olho a mim mesmo de novo, estou de volta à minha casa, sozinho no banheiro.
 Penso no Cyro, na pergunta que ele repete. Faço um grande esforço, tentando me lembrar. É verdade que, quando encontro meu velho amigo, sempre aguardo a pergunta — me dá alívio escutá-la. Seria terrível se, por algum motivo, Cyro não a fizesse. O problema — diante do qual me considero vencido — é que já não sou capaz de respondê-la, não sei respondê-la, nunca mais conseguirei respondê-la.

Amizade

Da ponta do balcão, onde tomo meu café e converso com Paulo, vejo-o na mesa oposta, folheando algum livro. Não há como não olhar para aquele rosto murcho e enrugado, debaixo da estante de filosofia. Os fregueses entram e saem, ele continua lá, entre duas pilhas de livros. Paulo me disse (eu nunca perguntei nada) que ele é um arquiteto conhecido. Projetou um portal, um imenso portal na entrada de uma casa para doentes de Alzheimer. Transformou o galpão de uma antiga fábrica em um prédio acolhedor. Por alguns instantes, ele detém os olhos em uma página, a luz do basculante vai amarelando sua mesa, o livro. Aquela presença estável de algum modo me conforta. Imagino-o atravessando o portal, acolhido do outro lado pelos idosos do abrigo. Paulo comentou (eu nunca perguntei nada) que ele é um leitor voraz, que costuma comprar uma grande quantidade de livros. Às vezes ele levanta a cabeça, fica um tempo olhando o vazio. Fico na dúvida se sorri para mim, se apenas se diverte com o que lê. Nunca ouvi sua voz, nunca o vi conversar com ninguém. Atrás do balcão, Paulo teme o avanço da tecnologia e o fim dos livros. Acha que as livrarias vão acabar, que nunca mais nos veremos. Tomo outro café, continuo imaginando o portal, o arco de ferro no alto, e o que o arquiteto, depois de atravessá-lo, diria para os velhos do abrigo. Algumas vezes Paulo tentou nos apresentar, mas eu não quero estragar essa amizade.

Memento mori

Não faz muito tempo, descobri no fundo da gaveta um retrato de meu pai, de quando ele tinha dezessete anos. É uma foto em preto e branco, apenas de rosto, tirada em um estúdio do interior — provavelmente para compor algum álbum de família. Um pouco desbotada, a imagem conserva aquela opacidade elegante dos anos 1950. Ali está um rapaz magro, pálido, o cabelo lambido para trás; o paletó torto deixa ainda mais frágil a criatura. Ele franze as sobrancelhas — a cabeça não chega a se inclinar, mas o olhar se dirige para o lado, como se tentasse fugir da câmera. É um olhar acuado, acuado e triste. A foto data de 1954, como se vê em um rabisco no verso. Nessa época, meu pai não pensava que em dez anos teria migrado para longe, estaria casado e às voltas com o primeiro filho — nasci em 1964.

Vejo na estante uma fotografia minha ao completar sete anos. Foi tirada em setembro de 1971, como mostra a dedicatória forjada no verso (para os avós distantes, que depois restituíram a lembrança). Nela apareço assentado, o rosto redondo recortando o painel cinza do estúdio. Meio a contragosto, a criança abraça entre as pernas um tamborzinho de brinquedo (as fotos dos anos 1970 tendem a ficar rosadas com o tempo).

As pessoas sempre comentam as semelhanças entre mim e meu pai. O queixo fino, o pescoço alongado, o sorriso encolhido. Nenhum desses traços aparece no retrato do menino (os cabelos cacheados descem até os ombros). Entretanto, tal como na foto do pai, minhas sobrancelhas estão franzidas; tal como o pai, a criança olha para o escuro — como se penetrasse um túnel. Confrontando as imagens, não é o traço hereditário que nos aproxima: é apenas o olhar, sua seta angustiada e esquiva. Dezessete anos separam as datas das fotografias. Dez anos separam a idade dos dois no momento das fotografias. Vinte e sete anos é a diferença de idade entre nós. O instante do olhar, porém, é *o mesmo*.

Tais conjunções, exclusivas do mundo dos retratos, não se repetem com frequência. Pode ser que em quarenta ou cinquenta anos algum descendente nosso, abrindo um baú perdido, encontre o par de fotos e, com surpresa, reconheça nelas um abismo de seu próprio rosto. Mas é preciso ter cuidado. Ao contrário do que se poderia supor, a facilidade para fotografar, o avanço da tecnologia, nada disso multiplica as chances de uma nova coincidência. A exposição ininterrupta, desmedida, às lentes e câmeras de todo tipo acaba por inibir a espontaneidade dos olhares — não o meu, não o do meu pai, mas o desses gênios da morte que, saltando de um tempo a outro, costumam frequentar os estúdios de fotografia.

Os forasteiros

Os habitantes dessa cidade envelhecem com assombrosa rapidez. Qualquer criança de nove ou dez anos já tem a pele flácida, o rosto manchado e cheio de sulcos, nos olhos aquele abismo triste de quem atravessou o futuro. Assentados na varanda de casa, pais e filhos parecem todos irmãos; juntos recebem a brisa da tarde, sorrindo. Já se comprovou que o fenômeno, investigado de tempos em tempos, não acontece por subnutrição ou excesso de sol. Também não tem fundamento genético. Pesquisadores e curiosos vêm à cidade, convivem com as pessoas, passam alguns meses, anos, vão embora. Aos poucos, perdem o interesse, chegam a esquecer o motivo que os levou até lá. Os moradores, acostumados com a situação, seguem a vida normalmente, sem se importar com as especulações. Entretanto, ainda não descobriram como agir diante da nova onda de forasteiros, esses incômodos senhores que, com seus chapéus e casacos de lã, desembarcam todos os dias na rodoviária da praça. São homens de fato idosos, alguns quase centenários, que chegam ávidos pela companhia das crianças.

The trial of corder

Quem visita o Moyse's Hall Museum, um pequeno museu histórico e de variedades na cidade de Bury St. Edmunds, no leste da Inglaterra, pode ver, além de uma coleção de peças medievais, de relógios e mapas antigos, um curioso conjunto de itens militares e policiais. Entre estes, protegido por uma redoma de vidro, está um livro, um volume de capa dura e cor amarronzada, exposto ao lado de uma máscara mortuária e um par de pistolas. Trata-se da história do processo e da execução de William Corder, filho de fazendeiros da região condenado à morte em 1828 pelo assassinato da jovem Maria Marten, de quem era amante. O crime, que ficou conhecido como "Red barn murder", ocorreu na vila de Polstead um ano antes do julgamento — e teve repercussão em todo o país.

William, notório vigarista e conquistador, envolve-se com Maria Marten, solteira, mãe de um filho, dois anos mais velha que ele. Aparentemente animada com a possibilidade de se casar, Maria fica grávida e dá à luz um filho dele. A criança morre em circunstâncias obscuras, mas William mantém a promessa de casamento. O drama prossegue. Por ter tido filhos bastardos, Maria se vê perseguida pela polícia local; William propõe que fujam para uma vila próxima. No dia marcado, ela se disfarça e sai para encontrá-lo; o local combinado é um armazém de grãos conhecido por sua fachada vermelha (*the red barn*). Maria nunca mais é vista. Os dois teriam discutido, e ele a mata com um tiro de pistola.

A revelação do crime só ocorre um ano depois, quando a madrasta de Maria, dizendo vê-la em sonhos, indica à polícia o local onde o corpo estava — de fato — enterrado. Corder foi julgado, condenado à forca e executado em uma manhã de segunda-feira, 11 de agosto de 1828, na frente de uma multidão.

"Os fatos estão todos documentados", diz ao visitante o funcionário do museu. O caso atraiu milhares de pessoas, as hospedarias de Polstead ficaram lotadas na semana do julgamento. Mulheres das vizinhanças punham os filhos pequenos no colo e andavam quilômetros a pé para assistir às sessões no tribunal. A história deu notoriedade e prestígio aos juízes, e foi relatada pelos principais jornais da época. Tornou-se tema de canções, peças de teatro, filmes. O jornalista James Curtis, autor da reportagem mais conhecida e completa sobre o crime, transformou sua pesquisa em livro.

O enforcamento de Corder ocorreu três dias depois da sentença e foi visto por cerca de dez mil pessoas (os veículos de imprensa divergiam sobre esse número). O corpo foi dissecado e exposto à visitação na sala do tribunal. Fez-se uma fila imensa para vê-lo. As vísceras foram usadas em demonstrações médicas na Universidade de Cambridge. George Creed, o cirurgião responsável pela dissecação, recolheu a pele, curtiu-a e usou-a para encadernar um exemplar do livro de James Curtis. "É *este*" — diz o funcionário aos visitantes, retirando o volume da redoma e pondo-o sobre a mesa. "É este o volume que pertenceu a Creed, e que traz a pele do criminoso."

O interessado pode fazer um exame minucioso do volume. "Está tudo aqui, documentado", repete o guardião da peça. A folha de rosto faz um sumário da obra, que contém: "uma história autêntica e fiel do misterioso assassinato de Maria Marten", com "um completo desenvolvimento de todas as extraordinárias circunstâncias que levaram à descoberta do corpo"; o processo de William Corder (anotado à mão especialmente para a edição); "um relato de sua execução, dissecação etc."; "vários detalhes curiosos sobre a vila de Polstead e suas vizinhanças"; "a correspondência de Corder na prisão"; "cinquenta e três cartas de resposta ao seu anúncio em busca de uma esposa" (feito após o assassinato de Maria); "trezentas notas explicativas". Tudo isso ornamentado com "gravuras extremamente interessantes". Na folha de guarda, há uma anotação feita à mão por Creed: "A capa deste livro é a pele do assassino William Corder, retirada de seu corpo e curtida por mim mesmo no ano de 1828". Na lombada, lê-se *The Trial of Corder*.

The Trial of Corder oferece ao leitor uma narrativa abrangente, convidando-o a entrar na história, a participar da intimidade dos envolvidos no crime. Entre um testemunho e outro, podem-se compartilhar as aflições, as dúvidas de cada um deles. Por exemplo, a ansiedade de Maria ao vestir roupas masculinas para disfarçar-se no dia da fuga, ou o dilema de Ann Marten, a madrasta, com seus fantasmas e sonhos — que levaram à solução do crime. Pode-se ainda dividir com Corder seu medo, o frio do outono chegando à cela, os três dias de agonia antes da execução. Pode-se pressentir a pressa do carrasco em reivindicar as roupas do cadáver. O acontecimento captura o leitor, que passa a fazer parte do passado, que se torna o próprio passado. Diante do cadafalso, a multidão se dispersa no silêncio, um pé de sapato fica perdido no chão.

É claro que, como toda boa história, várias passagens são obscuras, alguns detalhes não são revelados. Há versões dúbias, contraditórias. "Mas tudo está registrado", diz o funcionário do museu. Fechado o livro, e antes que ele retorne ao seu lugar atrás do vidro, pode o visitante e leitor, enfim, passar os dedos pelo tecido rugoso que o reveste, escuro, encardido. Pode identificar o vestígio de uma nervura, o resto de uma cicatriz. Pode ter contato com a matéria morta que um dia cobriu a carne de William Corder — o protagonista da narrativa. É exatamente nessa hora que surge a pergunta, a pergunta a que nenhum documento ou testemunha consegue responder: afinal, como é possível arrancar a pele de um personagem?

5. DAS CORRESPONDÊNCIAS

Carta de Istambul

Sigo hoje à noite para Lisboa, como te disse. Se a embaixada não me chamar, se não desviarem outra vez a minha rota, em uma semana desembarco no Brasil. Já despachei pelos correios o tapete que você pediu. Duas peças conjugadas, uma trançada na outra — macho e fêmea, se entendi bem. É assim: sobre o tapete antigo, fazem um bordado novo, e desse modo reaproveitam tudo (tecedeiras já não existem mais). Mandei também um maço de gravuras, dessas que por aqui há aos montes, nos bazares, no comércio de rua. Eles arrancam a página de um livro velho, escrito em árabe ou turco, gravam a iluminura por cima: um astrólogo, um barco, uma mesquita. Acho que já comentei isso em algum e-mail. Quanto à cidade, a gente conversa pessoalmente. Na verdade, as cidades: uma assentada sobre a outra, uma infiltrada na outra — você tem que ver. Não vai ser desta vez, porém, que te mandarei a carta, a carta longa, lenta, em papel de seda, que você sempre me pediu. Me perdoe, querida. Os dias não duram o suficiente, a distância não dura o suficiente, nada dura o suficiente para que eu consiga. Mas pelo menos, se isso te serve de consolo, dê uma olhada na frente deste postal. Você vai ver a reprodução de um manuscrito otomano (dizem que é do século XVI, dizem que é a letra do sultão). Não dá para saber o que está escrito, mas o vendedor me garantiu que é o fragmento de uma carta de amor.

Três irmãs

Quando éramos só nós duas, uma podia pressentir a outra. Em um instante, eu já sabia o que Bruna estava pensando, se queria partir ou ficar só, se estava indisposta ou com raiva. Tínhamos quase o mesmo jeito de falar, de cruzar as pernas, de fitar. Éramos, apesar dos meus dois anos a menos, muito parecidas. Usávamos as mesmas roupas, misturávamos as escovas e o batom, dividíamos os namorados. Quando saía com ela na rua, achava que todo mundo nos confundia. Bruna tinha a cintura geométrica e o pescoço comprido. De perto, seus olhos negros saltavam, graúdos de dar medo, talvez o único traço arredondado no rosto anguloso, que diziam ser uma pintura de Modigliani — tal como o meu.

Se discutíamos, era porque eu detestava concertos e pianos. Meu queixo afinava um milímetro a mais que o dela, se a medição fosse feita com rigor. Partíamos o cabelo no meio, ambas com fios longos e lisos. Aprendemos juntas a fumar. Ela não era tão mais alta que eu. Gostávamos de filmes vagabundos, votávamos nos mesmos candidatos. As leituras eram compartilhadas, apesar de eu não tolerar os românticos. Minha mãe menciona um hábito estranho: o de trocar os pratos de comida, assim que ela nos servia — disso não me recordo. Às vezes eu sofria com longos sonhos de perseguição, sonhos em que a gente mudava de papel, e eu não distinguia quem era eu, quem era minha irmã. Acordava sempre angustiada.

Já com seus dezoito anos, Bruna gostava de ficar na varanda, tomando cerveja sem espuma e desenhando o próprio rosto. Expunha os dedos longos, masculinos, magrelos como os meus, herança do nosso pai. Eu andava pela cidade e me sentia uma autêntica, uma rara representante das mulheres com cara de Modigliani, feroz e cubista, com as canelas finas que vêm da longa geração de canelas finas da casa da minha avó. Então nós três, minha mãe, Bruna e eu, nos encontrávamos em uma confeitaria, tomávamos café com bolo de laranja, passávamos a tarde ali. Bruna sorria mostrando a gengiva, e nós ríamos ao mesmo tempo, as três gengivas se misturando, como se fosse um único riso que pulasse de uma boca a outra — medonho e feliz. Mas isso foi antes de Mirna aparecer.

Mirna apareceu quando eu estava para fazer dezenove, e Bruna, vinte e um. Foi numa tarde de sábado, três dias depois do telefonema. A gente já esperava, não tocava no assunto mas esperava, porque nosso pai tinha avisado que ela ia aparecer um dia, a terceira irmã, mais nova que eu mas só um pouco, e que era filha dele com outra mulher. O que era rumor tornou-se verdade: Mirna, bem na nossa frente, como uma assombração.

Me lembro da cena na sala: as três assentadas em círculo, Bruna trocando olhares comigo, nós duas tentando decifrar a terceira. Os brincos grandes demais, os cabelos ralos, a pele com espinhas; e os sapatos, esses nenhuma de nós usaria, porque eram dourados, a cor desde sempre proibida na nossa casa. Enquanto isso, ela, Mirna, tentava contar sua história, e não tinha olhos negros, nem o queixo fino, nem o traço oblongo de Modigliani. O que vi foi uma cara lisa, plácida, achatada como um pão árabe, e uma fala pausada que eu não atribuía a ninguém; vi uma indecisão e um buço, eu acho, e uma tendência à contestação, à ironia, não sei por que vi isso, se nem a ansiedade do meu pai eu vi. Não consegui identificar nada do que era meu, de Bruna ou do pai de nós três, nada que pudesse me confortar, talvez só alguns intervalos de silêncio, pode ser.

Isso aconteceu há mais de trinta anos — e não atrapalhou nossa amizade. Mirna hoje frequenta a minha casa, a casa que um dia foi também de Bruna e dos meus pais. Sempre que se assenta no sofá comigo, nas noites feitas para beber e fumar, não consigo parar de observá-la. Ainda tenho a esperança de descobrir algo de mim em seu rosto, ou o contrário, algo que enfim a torne legitimamente familiar. Às vezes chego a imaginar que tudo não passou de um engano, que o laboratório fez o exame errado, e ela não é a terceira irmã. Seria esse o fim do meu incômodo, da minha agonia. Seria — se não fosse o fato de que agora, passado todo esse tempo, quando encontro Bruna e a observo, também nela não me reconheço mais. Examino-a de cima a baixo, minha memória se esvazia: não há canelas nem gengivas, nem uma ponta de Modigliani. Tento, tento de novo, mas nada mais nos torna parecidas, talvez apenas (e na frente do espelho) esse par de sapatos vermelhos que um dia compramos juntas na mesma liquidação.

Dois amigos

A amizade entre G. e B. começou a ruir no dia em que o posto dos correios fechou. Por mais de trinta anos os dois senhores, agora octogenários, se corresponderam com regularidade e método. Sempre duas cartas por mês, de um lado e de outro, segundo o ex-funcionário do posto. Entregavam um envelope para G., a resposta de B. vinha na semana seguinte. Só deixavam de escrever quando tinham consulta na capital (ambos sofrem de reumatismo), ou pela morte de algum parente. Em todo caso, qualquer interrupção era avisada com antecedência, diz o carteiro, com quem G. e B. gostavam de conversar na beira do portão.

O início da correspondência, G. se lembra e B. confirma, aconteceu em meio a uma disputa de terras, uma questão agrária entre as famílias dos dois. Isso era comum na cidade; sempre havia um caso de invasão, de escritura malfeita. Um deles, provavelmente B., escreveu uma proposta de acordo, enviou pelo correio, o outro respondeu. E assim foram tentando negociar. A questão não foi solucionada, porque um terceiro se apossou do terreno (nunca se resolve um conflito de terras), mas o diálogo por cartas continuou. Eles amam as cartas como amam as escrituras, diz o dono do cartório, que conhece os dois desde criança.

Agora, entretanto, que o correio da cidade parou de funcionar, faz meses que não trocam nenhuma missiva.

Visivelmente aborrecidos, G. e B. recusam-se a contratar um mensageiro. Também não querem uma alternativa que dispense os selos e os carimbos (a ideia de trocar e-mails lhes é hostil). Tristes, saem para caminhar pela cidade no final da tarde. Ao passarem um pelo outro na calçada, mal se cumprimentam. Trocam apenas um olhar caído, medroso, como se fossem dois estranhos.

Separação

Foi numa sexta-feira. Quase anoitecia quando ele chegou do escritório. Helena não estava — era cada vez mais difícil achar Helena em casa nessa hora. Deixou a pasta na cadeira, viu que tinha um envelope na fruteira. Não era conta, não era propaganda, mas podia ser alguma coisa do condomínio: só seu primeiro nome na frente, à caneta, sem sobrenome. Pegou o envelope e os óculos, sentou-se no sofá, livrou-se dos sapatos. Sentia uma dor danada na coluna. Examinou o envelope de perto, reconheceu a letra: a letra tremida de Helena, o F. inconfundível que ela fazia torto, como um coqueiro inclinado. Levantou-se, encheu um copo de uísque (é bom abrir envelopes tomando uísque), acomodou-se de volta no sofá.

Era, sim, uma carta de Helena para ele, escrita à mão, com tinta azul e em papel de seda — nem sabia que ainda vendiam esse tipo de papel. A letra tremida enchia a página. Foi lendo devagar, a princípio sem entender direito, sem pensar no que era aquilo. Ela começava se desculpando. Desculpava-se pela falta de coragem e pela própria carta, elogiava as qualidades que via nele. Fazia uma espécie de apanhado da personalidade do marido. Um homem inteligente, apesar de distraído, bem-humorado, mas distante, e até amável, apesar de pão-duro. Havia as ressalvas, está certo, mas não era uma avaliação injusta. Com calma, ele foi descendo as linhas, pressentindo pelo tom que a parte desagradável estava por vir. Por um instante, levantou os olhos, reparou que o retrato de Helena, o que ela havia tirado na ilha, sumira da estante. Prosseguiu. Vieram então os argumentos. Helena mencionou a frieza inabalável dele, chamou-o de homem de gelo, de calculista. Nunca fora capaz de ouvi-la, era displicente com as opiniões dela, com tudo o que ela queria. Condenou-lhe o hábito cínico, nojento, de rir das coisas cruéis, e de só olhar para o próprio umbigo. Não tocou em mesquinharias. Na verdade, era tudo um resumo caprichado do que ela sempre dizia, com uma ou outra novidade, como uma suposta tendência dele ao chauvinismo — palavra que ele estranhou, por estar totalmente fora de moda. Continuou a ler devagar, apesar da dor na coluna, linha por linha, com todo o respeito que merece um manuscrito. Entendeu, afinal, e sem muita surpresa, as razões que a tinham feito decidir, agora em definitivo, pela separação.

O que ele não entendeu era por que diabos Helena tinha escrito aquilo à mão. Logo Helena, fanática por computador, por tecnologia, que nem caderno de notas tinha. Estavam casados havia vinte e cinco anos, e ela nunca lhe escrevera uma linha, nem um rabisco com a lista de compras da padaria. Vendo pelo lado positivo, talvez fosse uma forma romântica de dizer adeus: uma página frágil, certo sofrimento, algumas letras borradas. Podia tomar o gesto como uma homenagem.

Terminou a leitura, continuou parado no sofá, olhando o manuscrito. Às vezes, as palavras demoram para ingressar na realidade. Conferiu de novo a estante, o retrato de Helena na ilha não estava mesmo lá. Na parede, o quadro da paisagem a óleo, que ela mesma tinha pintado — e com pretensões naturalistas —, também sumira. Às vezes, a ausência das coisas demora a converter-se em palavras.

Releu a carta, e de novo, investigando os caracteres, tentando, quem sabe, extrair da caligrafia trêmula mais algum sentido. Da terceira vez, fixou os olhos na assinatura, na data anotada um pouco acima: *13 de dezembro de 2012* — a quinta-feira de véspera. A carta estava toda limpinha, sem nenhum café ou rasura, mas ali, na linha da data, o papel parecia um pouco desgastado, esmaecido. Dava para ver a tentativa da borracha, a marca cuidadosa do corretivo. Ele encheu o copo de uísque, caprichou no gelo. Ergueu o papel contra a luz — como um grafólogo faria. Foi então que viu. Com bastante nitidez, viu outra data, submersa, que a de cima escondia. *13 de julho de 1992* — se não estava enganado, pouco antes de Helena ficar grávida da primeira filha.

Ele se conteve uns segundos, revendo as letras, tentando colar os anos e os dias. Dobrou o papel de seda, meteu-o de volta no envelope. Pegou o copo de uísque e saiu para a varanda, onde Helena gostava de ver a tarde ir embora. A cidade ainda lhe pareceu a mesma.

Dois tomos

I

Apesar da raridade, era possível encontrar alguns exemplares na rede de livreiros virtuais. Na mensagem enviada à Coup de Dés, o comprador fazia questão de frisar que só servia a edição de 1926, publicada em Londres em dois tomos, e não a duplicata dela, uma edição fac-similar que tinha saído em 1986 por uma editora americana. *The Book of Ser Marco Polo, the Venetian: Concerning the Kingdoms and Marvels of the East*. Antes de dar baixa, Henri confere outra vez. John Murray, Londres, 1926. 462 páginas. Apenas o volume 1. Conforme anunciado, o livro está íntegro e bem conservado, com o corte escurecido pelo tempo. Capa dura original, vermelha, um brasão dourado na frente. Lombada ligeiramente machucada na parte inferior, sem danos para a costura. Assinatura do antigo dono na folha de rosto. O livro pertencera a Nicholas P., um professor de Cambridge que depois de aposentado mudou-se para Paris e levou a biblioteca junto. Com a sua morte, a Coup de Dés, que ele frequentava todos os dias, fez à filha uma proposta pelo acervo e acabou ficando com tudo. Henri tira a poeira do livro, envolve-o com papel de seda; põe o volume no envelope, junto com o marcador da livraria. O rapaz que cuida do despacho já está a postos. Henri volta ao computador, dá baixa no registro. Passa um e-mail para o comprador comunicando o envio do livro. Encostado no balcão, Marc, proprietário da Coup de Dés há mais de quarenta anos, acompanha os movimentos de Henri. Ao ver a livraria deserta, lamenta o desaparecimento dos antigos fregueses, mas agradece a invenção dos sistemas de busca.

11

Depois de atravessar o Atlântico, o volume chega à alfândega brasileira. A transportadora providencia o desembaraço e o livro segue para Belo Horizonte. O comprador, que vinha rastreando a viagem pela internet, não espera a entrega em domicílio. Vai buscar o pacote direto no escritório da empresa, onde já é conhecido por encomendas anteriores. Apesar de não ter um bom conhecimento de inglês (nunca tinha posto os pés fora do país), está satisfeito com a aquisição, que vai suprir uma lacuna incômoda na sua biblioteca. Em casa, antes que a mulher o surpreenda, abre o pacote, confere o volume e os dados. O livro é então devidamente encaixado ao lado do tomo II (1926, 662 páginas), um exemplar desfigurado e roto, adquirido a preço de banana em um sebo da galeria Dantés. Olhando os dois tomos na estante, tão díspares, quase incompatíveis, é difícil acreditar que se completam, que um continua a história do outro.

ESTA OBRA FOI COMPOSTA EM ELECTRA PELO ACQUA ESTÚDIO E IMPRESSA PELA RR DONNELLEY EM OFSETE SOBRE PAPEL PÓLEN SOFT DA SUZANO PAPEL E CELULOSE PARA A EDITORA SCHWARCZ EM MAIO DE 2016